これから始める人のための
作詞入門

北村　英明　著

はじめに

この本は、これから作詞を始めようとする人のための作詞入門書です。作詞はあなたの熱い心の叫びを綴るものです。心のおもむくままに自由に綴ってよいのですが、その思いを第三者に的確に届けるためにはいくつかの作詞のテクニックが必要です。

この本を手に取った人の中には、詩（ポエム）やエッセイを書いたり、短歌や俳句をつくっている人がいるかもしれません。

作詞がそれらの文芸作品と異なるのは、それが単独で作品となることはなく、メロディーがつけられてはじめて作品として完成し、歌い手によって歌われることで聞き手の心に届く性格のものだということです。

それゆえに作詞には作詞独自の表現方法があります。作詞に必要なそれらのテクニックを基礎から解説したのがこの本です。

ぜひここでマスターし、あなたの熱い思いがたくさんの人に届くような作品を書いてください。

作品例としてあげている作品については、歌本を見たりＣＤで曲を聞くなどして、できるだけ作品全体を見るようにすると、より理解が深まるでしょう。

北村英明

第1章　作詞を始める前に

第2章　作詞の基本を覚えよう

これから始める人のための作詞入門

CONTENTS

第4章　よりよい作品に仕上げるために

CONTENTS

カバーデザイン・イラスト／株式会社ツー・ファイブ

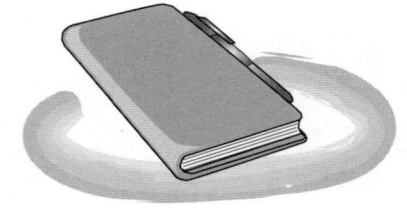

第1章

作詞を始める前に

1 作詞の準備をしよう

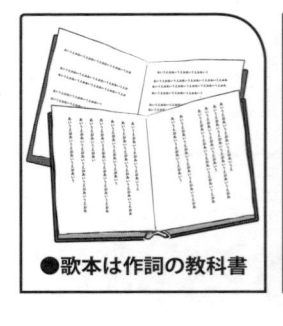

作詞を始める前に、作詞をするための環境づくりをしておくことは大切です。次のようなことを心がけておくとよいでしょう。

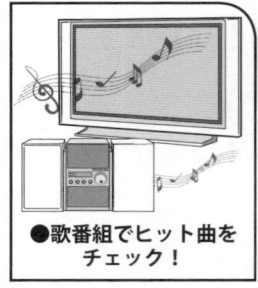

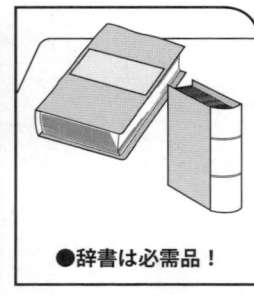

●メモ帳でアイデアを逃さずキャッチ！

●歌本は作詞の教科書

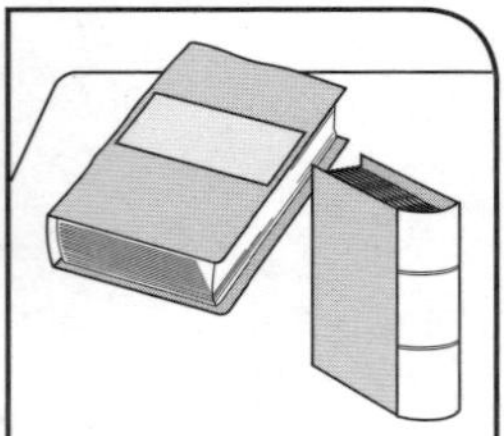

●辞書は必需品！

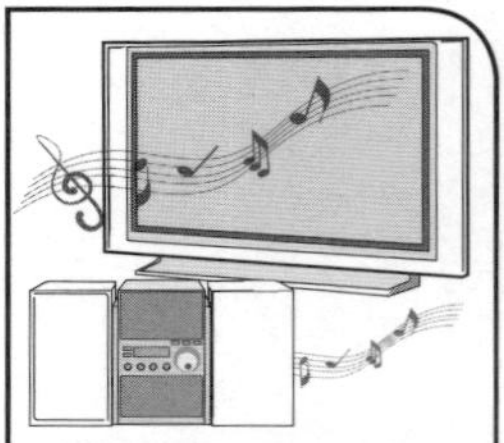

●歌番組でヒット曲をチェック！

●歳時記は言葉の宝庫！

●楽器が弾ければ武器になる！

メモ帳でアイデアをキャッチ！

作詞をする時に、いきなりパソコンに向かう、あるいは原稿用紙に向かうということはまずありません。

作品として完成した形にするまでには、ストーリーや状況設定、ドラマやファッション、情景など、さまざまなアイデアをもとに下書きをし、さらに何度も推敲を重ねて完成させていくのがふつうです。

アイデアはテレビを見ている時、お風呂につかっている時、料理をしている時、散歩や通勤の途中など、いつどこで浮かぶかわかりません。アイデアが浮かんだらすぐにメモできるように、そばにメモ帳を用意しておくとよいでしょう。

せっかく浮かんだアイデアを忘れてしまって思い出せないことほど悔しいことはありません。後の祭りということにならないよう、メモ帳はいつも手元に置いておきたいものです。

作詞家の故・星野哲郎先生が、お店でコースターにメモをしておられたというのは有名な話です。

外出中であれば、携帯電話や自宅の留守番電話に入れておくというのもよく聞く方法です。

辞書は作詞の必需品

手書きの場合はもちろん、パソコンで清書をする場合にも、自信のない漢字は必ず辞書を引いて確認をする習慣をつけましょう。

文字の間違った作品というのは、それだけで作品の価値が下がって見えてしまうだけでなく、作者のセンスそのものも疑われてしまいがちです。

日本語の表現者として、正しい日本語を使うのだという意識を持ちたいものです。

英語やフランス語などの外国語を使う場合も同様です。かっこよく外国語を使ったつもりが、スペルがまちがっていたのでは興醒めです。

今はコンパクトで多機能の電子辞書が簡単に手に入ります。常に辞書をそばに置いて使えるようにしておきましょう。

歳時記は美しい日本語の宝庫

歳時記は俳句の季語を集めた本です。

日常あまり使われなくなった季節をあらわす美しい日本語がたくさん載っています。利用しない手はありません。手元に一冊用意しておくと便利です。

歌本は作詞の教科書

ヒット曲が載った歌本は、作詞のアイデアやテーマの切り込み方、素材の使い方など作詞のお手本になることがたくさんつまっています。

また、プロのすぐれた作品を見ることは、詞を見る目を養うことにも役立つものです。

ジャンルを問わず、できるだけ多くの作品に目を通しておきたいものです。

歌番組でヒット曲をチェックしよう！

テレビやラジオの歌番組を見たり聞いたりすることは、どんな傾向の歌が今の時代に求められているのかを知る手立てとなるだけでなく、音楽に乗りやすい言葉、乗りにくい言葉を感覚的に捕らえるいい材料にもなります。できるだけ多くの歌を聞くようにしたいものです。

楽器が弾けることは作詞の武器になる

あなたは楽器が何か弾けるでしょうか。

作詞に楽器が必要なのかと思う人もいるかもしれませんが、最近の音楽業界の作品づくりは、曲に詞をハメ込む、曲先《きょくせん》、メロ先《せん》と言われる作り方が主流です。

楽器が弾けなくてもデモ音源を聴きながら詞を書くことはできますが、自分で音を出しながら作業を進めることができれば格段にスピードが違います。

楽器を弾くといっても、プロのアーティストや演奏家のような技術は必要ありません。ゆっくりメロディーがたどれる程度で十分です。あなたの作詞力アップのために何かひとつ楽器をマスターしてみてはいかがでしょうか。

心を磨こう

作詞はテクニックを知っていれば書けますが、それだけでは、人の心にひびく感動的な詞は書けません。

日頃から読書や芸術鑑賞などを通して、瑞々しく豊かな感性を磨いておきたいものです。

2 ヒット曲を分析しよう

ヒット曲は聞き流すな！

テレビやラジオから流れてくるヒット曲を、あなたはどんなふうに聞いているでしょうか。

これから作詞を始めようとするあなたならば、ただ何となく「いい曲だなあ」「詞がすてきだなあ」と感心するだけでなく、その曲がなぜ人を惹き付けるのか、どこにヒットの要因があるのかを分析してみる姿勢を持ちたいものです。

ただ聞き流すだけでなくいろいろな視点で作品を見てみると、作者の意図や工夫がわかり、また作品を見る目も徐々に養われていきます。

オリジナルの作詞資料をつくろう

次のような項目でいろいろな曲を分析しておくことは、今後のあなたの作詞に大いに役立つはずです。ぜひやってみてください。

●あなたのオリジナル作詞資料を作ろう！

タイトル	
作詞	
作曲	
編曲	
アーティスト	
テーマ	
素材	
登場人物	
状況	
情景	
構成	
魅力的なワンフレーズ	
その他	

第2章

作詞の基本を覚えよう

1 テーマ

作詞で何を訴える？

詞にはテーマが必要です。

テーマとは、あなたが作品をとおして訴えたいこと、伝えたい思いです。詞の根幹をなす柱ともいえるものです。

詞を形づくるには素材やドラマづくり、構成など、この後に述べるさまざまな要素が必要ですが、根底に「このことを聞き手に伝えるんだ」という作者の熱い思いがなければ、どんなにテクニックがすぐれていても聞き手を感動させるいい詞とはなりません。

ヒット曲には、聞き手を感動させるすばらしいテーマが歌われているものです。

次の作品を見てください。

私のお墓の前で
泣かないでください

そこに私はいません
眠ってなんかいません
千の風に
千の風になって
あの大きな空を
吹きわたっています

（「千の風になって」作詞不詳　新井　満日本語詞）

この作品はアメリカで起きた9・11同時多発テロの後に発表され、多くの人の共感を呼んだ曲です。

亡くなった人の魂が風になって吹き渡っているという壮大なテーマは、大切な人を亡くした多くの人の心を慰めたことでしょう。作者の人生観が感じられる感動的なテーマです。

心の声に耳を傾けよう

テーマは訴えたいこと、伝えたいことを素直にあらわせばいいのですが、テーマがなかなか浮かばない時には、自分の心の声にじっと耳を傾けてみるとよいでしょう。また、まわりの人の心の動きをじっくり観察してみるのもよいでしょう。

人の持つ感情は、おおまかに次のように分類することができます。

心の声に耳を傾けるとテーマがみえてくる！

心の充実……喜び　幸せ　楽しさ　希望　安心感

心の苛立ち……怒り　腹立ち　あせり

心の揺れ……恐怖心　不安感　心配事

心の痛み……悲しみ　寂しさ　心細さ

心の沈み……失望　孤独　落胆　絶望

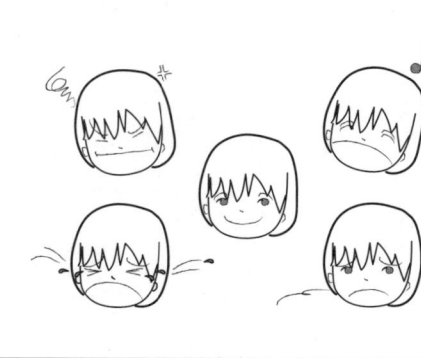

テーマ選びのポイント

テーマを選ぶときには次のような点に気をつけましょう。

・テーマはひとつにしぼる
・一つの作品に二つ以上のテーマを設けない
・人の共感を得るテーマを選ぶ
・人の不快感を買うようなテーマは避ける
・テーマをはっきりさせる

テーマがぼやけた作品は感動を呼ばない

作者が何を訴えているのかがわかりにくい作品は、感動のうすいものになってしまいます。

次の作品を見てください。

行き交う人は足早に無彩色の街を

それぞれの十字架を胸に刻みながら
事もなげな顔で通りすぎて行く

車のクラクションをもかき消す雑踏の中で
女が涙顔で男の腕の中に
そんなドラマも演じられている
Fall in Rain　誰もの肩に同じ様に打ち続ける
In the City　時の流れさえいつしか忘れさせて
ポケットに入れた両手のぬくもりだけが
生きてる事の証に思えた

（「雨降る街角にて」Ｈ・Ｈ作詞）

まるで映画を撮るように、カメラが雨の街角の様子を静かに追っていくというような、雰囲気を感じさせる描き方ですが、雰囲気が前面に出ていて何を言いたいのかがストレートに伝わってきません。

テーマのわかりにくい作品といえるでしょう。

絵になりにくいテーマも料理しだい

次の作品はどうでしょう。

お見合い相手
今日が初めてお会いした日
写真と違って見えた人
きっと　彼も私と同じことを
考えているはず

（「お見合い相手」T・M作詞）

この作品は4番までの構成で、作者はお見合いの場での、相手と主人公の心の駆け引きをコミカルに描き、最後は意外といい人だったというところに持っていって、ほのぼのとした雰囲気にまとめています。

このように一見絵になりにくいテーマも、料理しだいでは十分に詞のテーマになりえます。さだまさしの「関白宣言」などはそのよい例です。

共感的でないテーマは不快感を抱かせる

心の叫びを素直に表現すればいいテーマですが、中には共感されにくいテーマもあります。次のフレーズを見てください。

世の中にゃ頭にくる奴が多すぎる
満員電車で携帯電話を大声でかける奴
禁煙のホームで煙草を吸う奴
電車の中で周りを気にせずイチャイチャするアベック
駐車禁止の場所に平気で車を止める奴
　こんな奴　こんな奴　こんな奴が多い
こんな奴　こんな奴　こんな奴人間じゃねえ

（「世の中頭にくる奴が多すぎる」S・T作詞）

読んだ後の感想はどうでしょうか。

作者の言っていることは正論でうなずけることではありますが、心地よい感動よりもやはり後味の悪さを覚えます。表現の仕方によっては共感を得られる作品になると思いますが、攻撃的なテーマは避けたほうがよいでしょう。

このほか思想や政治、宗教、ひがみやねたみ、のろいなども気をつけたいテーマです。

さて、あなたが今いちばん書きたいテーマは何ですか。

聞き手に感動を与える詞を書くためにも、日頃からいろいろな視点で世の中のことがらを見つめ、あなた独自のテーマを探してください。

2 素材

ヒット曲にはいい素材が使われている

詞を書く時、そこには必ずテーマ、訴えたいことがあります。それをどんな材料を使って表現するか、どんな素材を使うかによって詞の良し悪しは大きく変わってきます。
すぐれた作品には必ずいい素材が使われているものです。

花屋の店先に並んだ
いろんな花を見ていた
ひとそれぞれ好みはあるけど
どれもみんなきれいだね
この中で誰が一番だなんて
争うこともしないで
バケツの中誇らしげに

しゃんと胸を張っている
それなのに僕ら人間は
どうしてこうも比べたがる？
一人一人違うのにその中で
一番になりたがる
そうさ　僕らは
世界に一つだけの花
一人一人違う種を持つ
その花を咲かせるためだけに
一生懸命になればいい

（「世界に一つだけの花」　槇原敬之作詞）

ＳＭＡＰの歌で大ヒットした曲です。

この作品のテーマは、一人一人が個性を尊重し合い自分らしさを大切にして生きていこうという、真面目でかたいものです。そのかたいテーマを、誰にでもなじみのある花屋という素材を使ったことで、明るい雰囲気の中で硬苦しくなく、子供から大人にまでわかりやすく伝わる作品になっています。

すぐれた素材がヒットにつながった例といえるでしょう。

次の作品はどうでしょう。

汽車を待つ君の横で僕は時計を気にしてる
季節はずれの雪が降ってる
東京で見る雪はこれが最後ねと
さみしそうに君がつぶやく
なごり雪も降る時を知り
ふざけすぎた季節の後で
いま春が来て君はきれいになった
去年よりずっときれいになった

（「なごり雪」伊勢正三作詞）

学生時代をともに過ごした恋人との別れのシーンを描いた作品です。春の冷たいなごり雪という素材がかもし出す雰囲気が、別れがたい、でもどうすることもできない二人のやるせない心情と重なって、聞き手の心に迫ってきます。

やはり素材が活きた作品といえるでしょう。フォークソングの名曲として長く歌われているゆえんともいえます。

素材選びに工夫がない作品

次の作品を見てください。

晴れた空　列車は走る
ふるさとへ帰る　君を乗せて
涙も見せず　変わらぬ笑顔で
さよならを告げた君
いつも　いつも　前だけを見て
進んでいくんだね
ひとり取り残される

僕の気持ちにも　気づかないまま

（「僕を残して」　M・K作詞）


「なごり雪」とくらべるとどうでしょうか。

テーマはよくわかりますが、素材選びに工夫がないために聞き手の心にいまひとつ強く迫ってこないことがわかると思います。感動のうすい作品といえるでしょう。

素材はどこにでもある！

このように詞の良し悪しを左右する素材ですが、素材はなにも難しいものや目新しいものである必要はありません。

大塚愛の「さくらんぼ」や絢香の「三日月」、ＳＭＡＰの「セロリ」などに見られるように、素材は何気ない日常の中にあふれています。

　それを見つけるか見つけないか、またそれをいかにテーマと結びつけ、どう詞を描くかは作者のセンスとアイデアが求められます。

　素材は、日常の次のようなことから見つけることができます。

- 日常の何気ない会話から
- 日常の情景から
- 感動的な風景から
- 一枚の写真や絵画から
- ひとつのボキャブラリーから
- 映画のワンシーンや小説の世界から
- 音楽のイメージから

素材探しのアンテナを張りめぐらそう

身のまわりにあふれている素材を見つけ、テーマと結びつけて詞に活かすかどうかは、あなたの素材に対するアンテナの感度によります。

アンテナの感度が鈍ければ、どんなにすばらしい素材が目の前にあっても見過ごしてしまうでしょう。

常にアンテナを張り巡らし、まわりに埋もれているさりげないできごとやことがらも詞のテーマにむすびつける発想力を磨いておきたいものです。

次にあげるヒット曲を素材の面から分析し、あなたの作品づくりの参考にしてみてください。

●ヒット曲の素材を研究しよう！

タイトル	アーティスト	素材とテーマ
吾亦紅	すぎもとまさと	(例) 墓参を素材にして親不孝した母への詫びを表現
ルージュの伝言	荒井由実	
ルビーの指環	寺尾　聡	
プレイバック PRTII	山口百恵	
とんぼ	長渕　剛	
オリビアを聴きながら	杏　里	
蕾	コブクロ	

3 起承転結を考える

詞のまとめ方は起承転結《きしょうてんけつ》にのっとって

詞はあなたの好きなように書いていいわけですが、構成を考えずに書き出すと、散文的でまとまりのつかない作品になってしまいがちです。

歌詞は曲がついて歌われるものだということを考えると、やはり形を整えておく必要があります。

詞の構成は、次のように漢詩の「起・承・転・結」にもとづいておこなうとよいでしょう。

港へと続く　花の舗道がとても好きなの
あなたと二人で　歩いているみたい
起

若い日の恋は　五月の花のようだと
うしろ姿を見せたまま
あれからあなたは帰らない
承

バイ　バイ　ラブ　フラワーロード
バイ　バイ　ラブ　フラワーロード
おそろいのＴシャツ
買ってまもない頃だった
想い出色の花も　いまは風の中

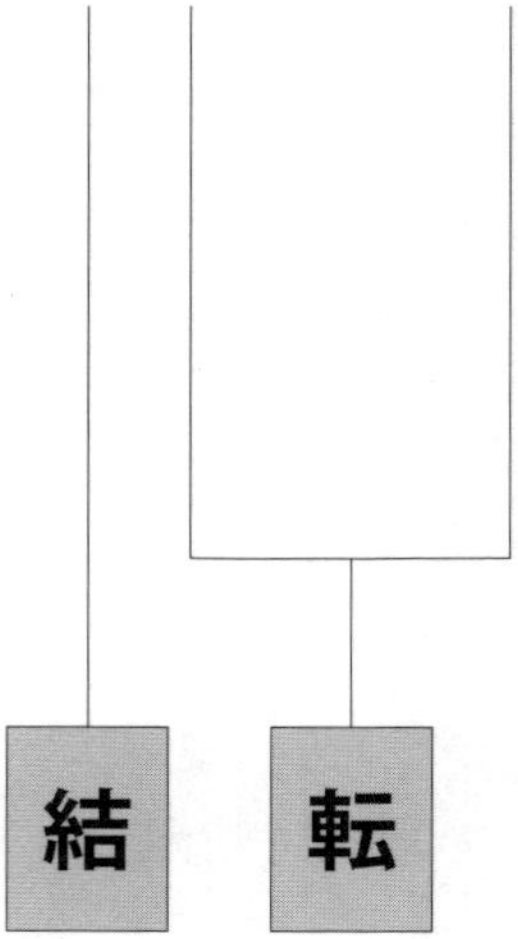

（「フラワーロード」北村英明作詞）

「起」は物語のはじまりです。「フラワーロード」では、ここで今の主人公の状況を描いています。

そして、「承」では「起」を受けて、さらに二人の恋の状況を回想しています。

作詞ではこの「起・承」の段階で、聞き手にドラマの内容がわかるようにしておくことが大切です。ただし、あまり説明的にならないように注意が必要です。

「転」では大きく流れに変化をつけ、発展させます。曲では「サビ」といわれる、もっとも盛り上がる山にあたります。テーマを大きく歌い上げるようなフレーズをつくります。

最後の「結」では、余韻が残るようにしめくくります。

「起・承・転・結」にもとづく詞の構成は、次のページの図に示すように考えるとよいでしょう。

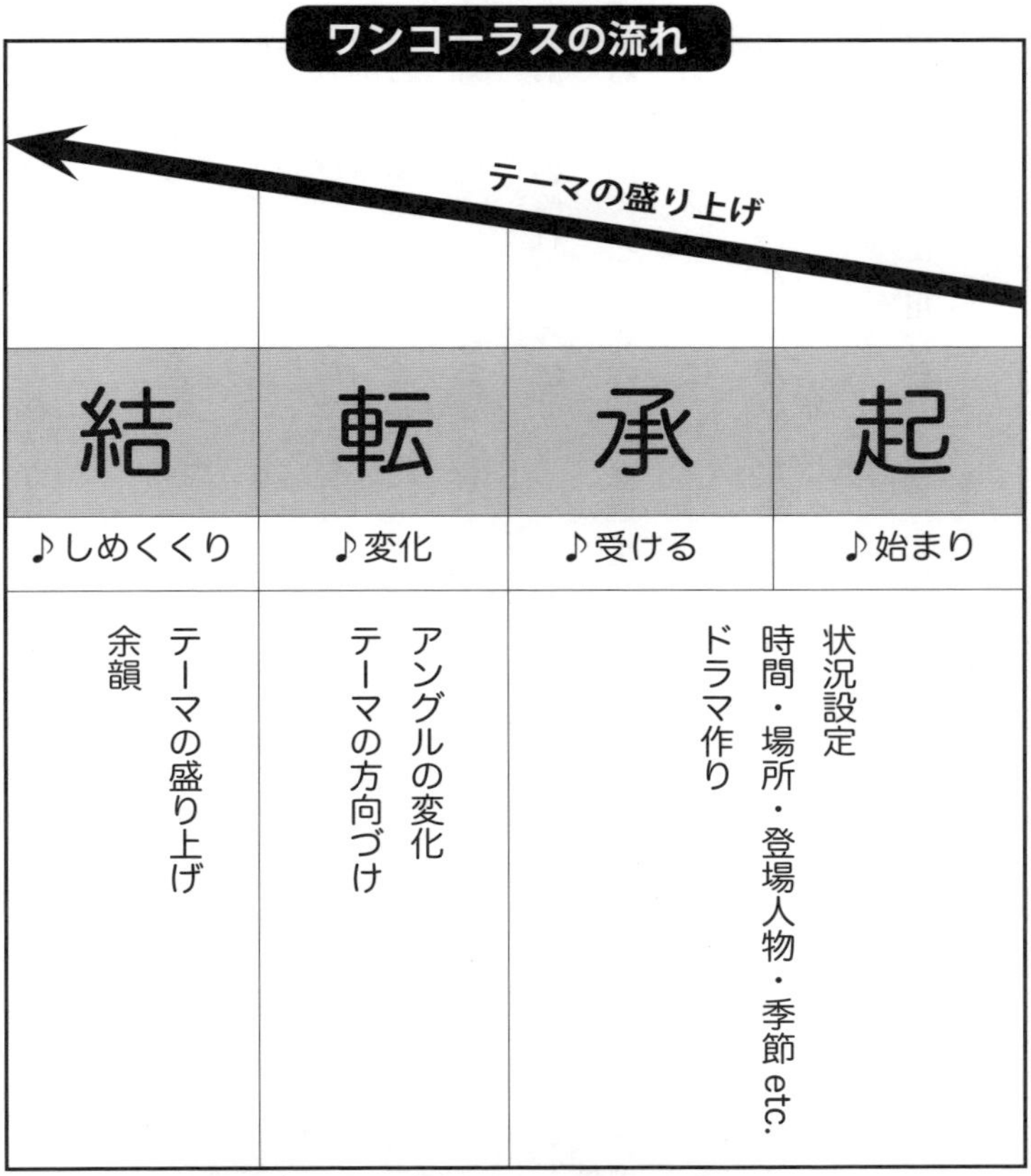

ワンコーラスの流れ
テーマの盛り上げ
起
♪始まり
承
♪受ける
状況設定
時間・場所・登場人物・季節 etc.
ドラマ作り
転
♪変化
アングルの変化
テーマの方向づけ
結
♪しめくくり
テーマの盛り上げ
余韻

● 詞の構成は［起・承・転・結］にのっとって！

ヒット曲は起承転結が計算されている

ヒット曲を見てみると、詞の構成がきちんと計算されていることがよくわかります。

知らず知らず　歩いてきた
細く長い　この道
振り返れば　遥か遠く故郷が見える
でこぼこ道や　曲がりくねった道
地図さえない　それもまた人生
ああ　川の流れのように
ゆるやかに　いくつもの時代は過ぎて
ああ　川の流れのように
とめどなく　空がたそがれに染まるだけ

（「川の流れのように」秋元　康作詞）

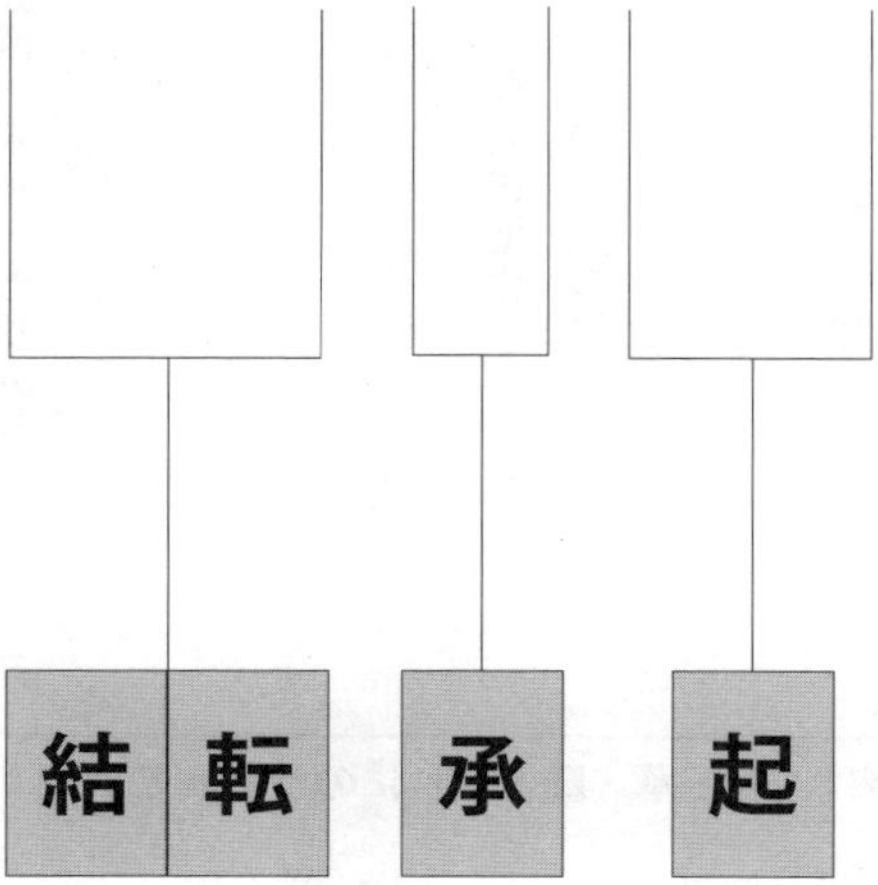

図に示したように、この作品は「転」と「結」がひとつのまとまりになったつくり方になって

いますが、「起・承」で主人公の状況や心情を語ってテーマへの方向づけをし、「転・結」でテーマを大きく歌い上げています。

スケールの大きな曲とも相まって、聞き手の心にしみる作品となっています。

詞のまとめ方に見られる問題点

詞の構成を考えずに書いた作品には次のような問題が見られがちです。

・状況説明がだらだらと続く
・ストーリーに展開がなく一本調子
・変化に乏しい
・なかなかテーマが出てこない
・盛り上がりに欠ける
・各フレーズの比率のバランスが悪い

次の作品を見てください。

ずっと前から気になってるのに
プライベートは教えてくれない
隣の机にいるあなた
たまにはこっちを向いてほしいの
仕事仲間の一人じゃなくて
年頃の女なんだってこと
気づいてくれたら

（「気づいてくれたら」S・R作詞）

この作品は最初から最後まで同じトーンで書かれています。そのためにフレーズの区切りがはっきりせず、テーマに向かって盛り上がっていく流れが感じられません。

「起・承」だけで終わっていて「転・結」のない作品ともいえるでしょう。

全体を「起・承」として構成し直し、「転・結」のフレーズを作ってまとめ直すとよいでしょう。

4 ドラマづくり

歌は三分間のドラマ

よく「歌は三分間のドラマ」といわれます。

劇場で観客が二時間、三時間の芝居や映画を観て感動するように、作詞家はわずか三分間で、わずか数行のフレーズで聞き手をドラマの世界に引き寄せ、感動させなければなりません。

作詞の難しさがそこにあります。しかしまた、自分の思い描いたドラマを自由自在に紙の上に描けるのですから、それで聞き手を感動させることができたらこんなにすばらしいことはありません。

あなたもドラマのつくり方をマスターし、聞き手を感動させるようなすばらしい作品をつくってください。

ドラマづくりに必要なものは？

ドラマづくりをするときには、演劇や映画のシナリオを書くように念入りに準備をする必要があります。

この準備が不十分だと、聞き手にドラマの全容が伝わらず、当然のことながら感動を呼ぶ作品にはなりえません。

ドラマづくりには次のようなものが必要となります。

ドラマ

すべてを書かなくてもしっかり設定をしておく！

登場人物	状況	背景	心情
●主人公は？（誰の立場で書くのか？） ●主人公以外に出てくる人物は？ ●年齢・性別・職業・性格・ファッション etc	●主人公たちはどのような状況にあるのか？ ●何がその原因となっているのか？	●登場人物をどのような場に立たせるか？ ●季節・時刻・場所 etc	●主人公の心情は？ ●相手はどう思っているのか？

テーマ どんなメッセージを伝えるか？

実際に詞を書く時にはこれらのことをすべて書くわけではありませんが、しっかりと自分の中で整理し設定をしておかないと、できた詞が表面的であったり、どこかに矛盾が出てしまったりして、結果的に感動のうすいものになってしまいます。

ドラマづくりの実際

ヒット曲でドラマづくりの実際を見てみましょう。
次の作品は、ユーミンのヒット曲「ルージュの伝言」の1コーラスです。

あのひとのママに会うために
今　ひとり　列車に乗ったの
たそがれせまる　街並みや車の流れ
横目で追い越して

あのひとは　もう気づくころよ
バスルームに　ルージュの伝言
浮気な恋をはやくあきらめないかぎり

家には帰らない

不安な気持ちを残したまま
街はDing-Dong　遠ざかってゆくわ
明日の朝　ママから電話で
しかってもらうわ　My Darling!

（「ルージュの伝言」荒井由実作詞）

この作品は次のようなドラマづくりがなされています。

●登場人物……主人公・夫の母親・夫

●状況…………夫の浮気を叱ってもらおうと夫の母親の元へ向かう主人公

●背景…………黄昏時、夫の実家に向かう列車の車中

●心情………夫が浮気をやめるまで帰らないという強い決意と、夫がこのまま迎えにこないのではないかという不安な気持ちが交錯している

この作品のドラマ設定は、テレビドラマにもよく登場するような誰にでもわかりやすいものです。使われている言葉もやさしく、スムーズに意味が伝わります。

そんなシンプルな作品ですが、この作品の魅力は、夫の浮気を自分の実家ではなく夫の母親に叱ってもらおうとする、ほほえましい主人公像にあるといってよいでしょう。背景にある夫やその母親との日ごろの人間関係も想像されて、聞き手をほっとさせるものがあります。

ぎすぎすした感じではなく明るいムードに仕上がっているのは、そうした綿密な人物設定があるためでしょう。

また、「ルージュ」でバスルームに伝言を残したという、素材選びのセンスの良さもこの作品の大きなポイントになっています。これがただの置手紙だったら、ありきたりな作品になってしまうのは一目瞭然です。

このほかにもいろいろなヒット曲をドラマづくりの視点で分析してみてください。

ドラマづくりの問題点

ドラマづくりでよく見られる問題点に次のようなことがあげられます。

- 状況がよくわからない
- 人物関係が複雑でわかりにくい
- ドラマ設定があいまい

次の作品を見てください。

まるで朝をなくしたようね
目覚まし時計　ならない休日
鳥のさえずり静けさ誘う
なぜか広くて冷たく澄んだ部屋

はやくドアのベル鳴らして
寝起きのわたし　叱って
軽いキスではにかむ笑顔みせて
How can I believe it
世界中探しても　あなたはいないなんて
How can I forget you
二人の愛はまだ強く　息づいていたのに

（「How can I forget you」N作詞）

あなたの感想はどうでしょうか。

作者の中ではドラマがはっきりと描かれているのかもしれませんが、聞き手には「あなた」と「わたし」の関係や状況がいまひとつわかりにくくなっています。

早い段階で二人の関係が聞き手に伝わるような表現のしかたが必要です。

次の作品はどうでしょう。

霧の湖水に　白鳥が二羽
すいすいと　泳いでいるよ
しだれ柳が　そよ風に揺れている
乙女のほほに　ささやき
ネジリバナが　紫色に染め
静かな湖水　ああ　山中湖

（「霧の山中湖」K・M作詞）

作者は山中湖の美しさに感動し、それを描きたかったのかもしれません。しかし、これだけでは感動が伝わりません。山中湖の美しい景色を背景に、ドラマをつくり上げるとよいでしょう。乙女の心情をもっと掘り下げて美しい風景に重ねて表現すると、よい作品になるでしょう。

5 ワンフレーズの効果とその発見

ヒット曲には魅力的なワンフレーズがある

あなたはヒット曲を聞いていて、「ああ、どうしてこんなフレーズが浮かぶんだろう」とか「さすがはプロだなあ、自分には思い浮かばないなあ」と、うならせられるフレーズに出会ったことはないでしょうか。

ヒット曲にはそうした、人の心を一瞬にしてわしづかみにするすぐれたワンフレーズが挿入されているものです。

ワンフレーズは、キャッチフレーズといいかえてもよいでしょう。

作品例を見てみましょう。

若かったあの頃　何もこわくなかった
ただあなたのやさしさが　こわかった

（「神田川」喜多条　忠作詞）

あれからぼくたちは
何かを信じてこれたかな・・・
夜空のむこうには　明日がもう待っている

（「夜空のムコウ」スガシカオ作詞）

また君に恋してる
いままでよりも深く
まだ君を好きになれる
心から

（「また君に恋してる」松井五郎作詞）

もしも願いが　叶うなら

吐息を白い　バラに変えて
逢えない日には　部屋じゅうに飾りましょう
貴方を想いながら

（「恋におちて」湯川れい子作詞）

いかがでしょうか。

どのフレーズにも作者独自の斬新な発想やアイデアがあり、うならせられます。そしてそれが作品全体の魅力にもなっていることがわかります。

ワンフレーズの条件

これまで見てきたような光るワンレーズをつくるには次のようなことがポイントとなります。

- 今までにない新しい発想
- 聞き手の共感を得るもの

・表現がユニークで斬新なもの
・パンチがきいたもの
・作品のアクセントとなるもの
・覚えやすく耳に残るもの

作者にしかわからないキャッチフレーズ？

いくらアイデアがあっても、作者にしか意味がわからないような言葉はキャッチフレーズにはなりません。

次の作品を見てください。

窓から春の日差しがあの時僕らを照らしてた
別れの歌を唱った時　そこは別れのターミナルになった
さよなら僕たちの思い出　さよなら僕たちの思い出
あの時　僕たちの夢が
「別れターミナル」出発のキップだった

僕たちはキップを握りしめて時の風に乗った
キミはあの夢をおぼえているだろうか

（「別れターミナル・僕達の青春」Ｙ・Ｈ作詞）

「別れターミナル」という言葉は作者独自のアイデアから生まれた言葉であり斬新ですが、聞き手にはいまひとつピンときません。作品の中で見ても、雰囲気的に何となくわかるような気はするものの、意味がすっきりとわかるというものではありません。

このように作者だけがわかっているものはキャッチフレーズとならないだけでなく、作品そのものを逆にわかりづらいものにしてしまいます。

何気ないフレーズもキャッチフレーズになる

聞き手を魅了するワンフレーズは、必ずしも斬新なアイデアや発想でなければならないということではありません。

次にあげる作品のように、何気ない会話や素直に心情を吐露したフレーズも聞き手の心をひきつけるキャッチフレーズになる場合があります。

タイトルだけをあげておきますので、歌本などでキャッチフレーズとなっているワンフレーズを調べ、あなたのフレーズづくりの参考にしてください。

そして、あなたも柔軟な発想で物事を見つめ、あなたにしか書けない魅力的なワンフレーズを生み出してください。

●ヒット曲のキャッチフレーズを研究しよう！

タイトル	アーティスト	キャッチフレーズ
ff（フォルティシモ）	HOUND DOG	（例）愛がすべてさ　いまこそ誓うよ
会いたかった	AKB48	
ガッツだぜ!!	ウルフルズ	
冬が来る前に	紙風船	
結婚しようよ	吉田拓朗	
ありがとう	いきものがかり	

6 ボキャブラリーの選び方

作品にふさわしいボキャブラリー選び

詞を書くときにどんなボキャブラリー（語彙）を選ぶかによって、作品の雰囲気、ムードは大きく変わってきます。

次の二つの作品を見てください。

いのち温めて　酔いながら
酒をまわし飲む
明日の稼ぎを　夢に見て
腹に晒し巻く
北の男にゃヨ　凍る波しぶき
北の漁場はヨ　男の仕事場サ

（「北の漁場」新條カオル作詞）

古いアルバムめくり
ありがとうってつぶやいた
いつもいつも胸の中　励ましてくれる人よ
晴れ渡る日も雨の日も　浮かぶあの笑顔
想い出遠くあせても
おもかげ探して　よみがえる日は
涙そうそう

（「涙そうそう」森山良子作詞）

「北の漁場」は典型的な演歌の作品で、海の男の心意気を歌ったものです。「いのち温める」「酒をまわし飲む」「晒し」「漁場」など独特のボキャブラリーと、「～にゃヨ」というような言い回しが海の男の荒々しさ、力強さを表現するのに効果をあげているのがわかります。

それに対し「涙そうそう」は、響きのやわらかいボキャブラリーづかいと、「ありがとうって」「いつもいつも」など日常会話のようなさりげない言い回しがやさしい雰囲気をかもし出し、亡き兄を偲ぶというテーマによく合っています。

どちらもテーマに合ったボキャブラリー選びがなされているといえるでしょう。

ちぐはぐなボキャブラリー選びは興ざめ

ボキャブラリー選びに、必ずこうしなければならないというルールはありません。あなたも知らず知らずのうちにテーマに沿ったボキャブラリー選びをしていることと思います。

しかし、新人の作品の中には雰囲気に合わないボキャブラリー選びをしている作品も見られます。ためしに、「北の漁場」の中に「ワイン」や「シルクのドレスの女」などのボキャブラリーを使ったらどうでしょう。まったくちぐはぐで、作品の雰囲気をこわしてしまうのは一目瞭然です。

これは極端な例ですが、ボキャブラリー選びの大切さがわかると思います。

個性的なボキャブラリー選び

ヒット曲の中には、詞のテーマに合ったボキャブラリー選びからさらに一歩踏み込んで、ボキャブラリー選びそのものにアイデアが見られる作品も見つけることができます。

　　さみしさのつれづれに

手紙をしたためています　あなたに

（「心もよう」井上陽水作詞）

大阪で生まれた　女やさかい
大阪の街　よう捨てん
大阪で生まれた　女やさかい
東京へは　ようついていかん

（「大阪で生まれた女」BORO 作詞）

「心もよう」は、ポップスの作品にあえて文語調の古風な言葉を使ったところに、アイデアと意外性があります。

「大阪で生まれた女」は大阪弁を歌詞に使って独特の味を出しているところに、面白さがあります。大阪弁だけでなく、各地方の言葉というのは、その言葉でしか出せない味というものをもっており、うまく歌詞に使うと大きな効果が得られます。

ボキャブラリーノートをつくろう！

テーマや雰囲気によってボキャブラリーを使い分けるには、自分の中にできるだけたくさんのボキャブラリーを持っておくことです。

たとえば、「酒」ひとつをとってみても、日本酒、ビール、ワイン、カクテルなどその種類は数え切れず、さらにそれぞれの銘柄までとなると相当の数になります。それらを知っていれば、作品の雰囲気に合わせて自在に使い分けられるというわけです。

ボキャブラリーを増やすために、ボキャブラリーノートをつくるとよいでしょう。

植物、車、ファッション、料理、絵画、演劇、音楽などジャンル別に書き込めるようにノートを用意し、時間があるときに調べたり、人から聞いたりテレビやラジオなどで聞いたりして知ったボキャブラリーをどんどん書き込んでいくのです。

物の名前だけでなく、形容詞や動詞についても、ひとつの意味を表すのにいくとおりものいい方を集めておくのもよいでしょう。字脚をそろえたいときなどに、同じ意味で字数の異なる言葉を知っておくととても便利です。

こうして自分の手で集めたボキャブラリーは、あなたが作詞で行きづまったときの頼もしい助っ人になってくれるはずです。

7　説明と描写

詞は説明文ではない

状況設定やドラマを聞き手にわからせようとして、それを説明してしまった作品をよく見かけます。

次の作品を見てください。

あの日　あなたが告げた
突然のさようなら
悲しくて　さびしくて
涙が止まらない
あなたの心変わり
うすうす感じていたけれど
忘れられない　離れたくない

もう一度　帰ってきて　私のもとへ

（「もう一度私のもとへ」Ａ・Ｍ作詞）

あなたの感想はいかがでしょうか。
この作品は、二人の恋の状況や主人公の気持ちを説明した文章で終わっています。そのために表面的で奥行きがなく、主人公の悲しみに共感して感動するということができません。また、すばらしい映画や芝居を見た後のような余韻も感じられません。
詞は説明文ではないのです。

描写で主人公の心情を浮かび上がらせる

では、次の作品はどうでしょう。

少し酔っても　かまわないでしょう
これが最後の　モスコミュール
思い出の曲　かかるまでは

せめて幸せ　演じていたい
嘘かもしれない　サヨウナラ
嘘しかなかった　恋だもの
運命だなんて　信じた
抱きしめ合うたび　ふたりして

（「ガラスの指輪」北秋幸子作詞）


いかがでしょうか。

出だしの二行で二人がいる場所や恋の状況、おしゃれな大人の雰囲気までもが映像となって伝わってきます。聞き手が主人公になってその場にいるような錯覚さえ覚え、主人公の心情に共感できます。

説明と描写の違いがよくわかると思います。

また、この作品はワンコーラスだけでこれまでの二人の恋の様子までもがわかるように描かれているところにも注目してください。

このように、あるシーンからドラマやテーマが浮かびあがるように描くのが描写です。

ヒット曲からすぐれた描写を学ぼう

すぐれた描写はヒット曲の中にもたくさん見つけることができます。
次にそのいくつかをあげておきますので、参考にしてください。

夕陽に小さくなる　くせのある歩き方
ずっと手を振りつづけていたい人
風に乗り飛んできた　はかない種のような愛は
やがて来る冬を　越えてゆく

（「ダンデライオン」松任谷由実作詞）

あなたからの　エアメール
空の上で　読み返すの
窓の外は　スカイ・ブルー
かげひとつない　愛の空

（「アメリカン・フィーリング」竜　真知子作詞）

描写力を磨こう

よく「詞は悲しいという言葉を使わないで悲しいことを表現しなければならない」と言われます。

描写力を磨くためのトレーニングとしていくつかのテーマをあげておきますので、いろいろなシチュエーションで描写をしてみてください。

●あなたはこのテーマをどう描写する？

- 出会いのよろこび
- 友　情
- 家族の絆
- 平和への祈り
- 望　郷
- あの人のうらぎり
- 別れの悲しみ
- 片思い

8 詞のパターンと曲のパターン

曲がつけにくい詞

あなたは詞を書くときに、曲のことを考えているでしょうか。

中には、ここはこんな感じのメロディー、ここにはこんなメロディーというように、ある程度、曲を想定しながら書いている人もいるかもしれません。

歌詞は曲がついて歌うことを前提としたものですから、曲がつくことを考えて組み立てることが大切です。

作曲者から見て、曲のつけにくい詞とはどんなものでしょうか。次のようなことがあげられます。あなたの詞にあてはまるものはないでしょうか。

1　行数の多い長い詞
2　短すぎる詞

3　段落がはっきりしない詞
4　一本調子で変化に乏しい詞
5　ワンフレーズが長い詞
6　1、2、3番で字脚のそろっていない詞

1について。

起承転結を考えずに書かれた長い詞は、曲がつけにくいものです。

ヒット曲の中には十行、十五行といった長い詞が見られますが、それらはこの後に述べる曲のパターンにのっとってまとめられています。

2について。

逆に短すぎる詞も曲としてのボリュームや変化を出すのがむずかしく、付曲しづらいものです。

3について。

作曲者はまとまりごとにメロディーを組み立てていきます。段落の切れ目がはっきりせずにだらだらと続く詞は、作曲者泣かせです。

4について。

曲にはほとんどの場合、サビと呼ばれる、テーマを大きく歌い上げるフレーズがつくられます。聞き手はそこに感動するわけですが、詞が一本調子では作曲者はどこをサビとしたらよいかがわかりません。

５について。

ワンフレーズが長い散文調の詞は、メロディーに乗りにくいものです。リズムのある歯切れのよい言葉選びをしたいものです。

６について。

詞は１、２、３番で違った言葉を綴っていきますが、曲は１番をつくったら、２番、３番では同じメロディーを繰り返します。歌詞の字脚が違っていたら、同じメロディーでは歌えません。字脚をそろえる必要性がそこにあります。

曲はまとまりごとにつくられる

１から６のうち１、２、３、４については、曲のパターンを考えて作詞をすることで解決できます。

曲のパターンについて覚えましょう。

図に示したように、曲はいくつかの異なるまとまりからつくられます。

●A－B－C 型

A－B－C

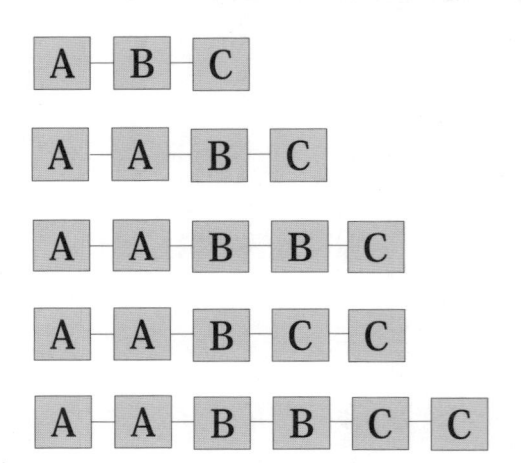

A－A－B－C

A－A－B－B－C

A－A－B－C－C

A－A－B－B－C－C

●A、B、Cの3つのメロディーのまとまりからなるパターン
●Bでかるく変化をつけて、Cをサビにする形と、Bをサビにして Cでは静かに余韻を残す形とがある

●サビイントロ型

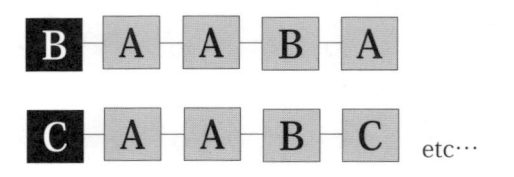

B－A－A－B－A

C－A－A－B－C etc…

●サビのメロディーを冒頭にもってくるパターン

A…出だしのメロディーAメロ
B…Aとは異なるメロディーBメロ
C…さらに異なるメロディーCメロ
曲はこれらのフレーズの組み合わせでつくられています

★曲のパターンを考えて作詞をしよう！

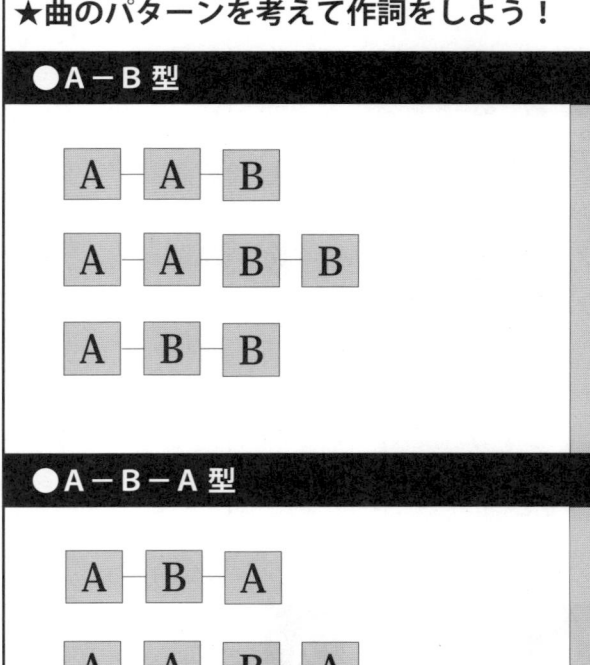

●A－B 型

A－A－B

A－A－B－B

A－B－B

●A、Bふたつのメロディーのまとまりからなるパターン
●A、Bが続くところはそれぞれA'、B'に変化することもある
●サビ（山）はB

●A－B－A 型

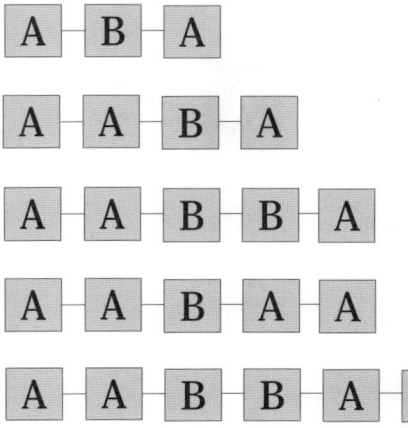

A－B－A

A－A－B－A

A－A－B－B－A

A－A－B－A－A

A－A－B－B－A－A

●サビのBのあとふたたびAのメロディーにもどるパターン

曲のパターンによる詞のまとめ方

それでは、ヒット曲で曲のパターンによる詞のまとめ方を見てみましょう。詞の起承転結と重ね合わせながら見てください。

A　起

何から伝えればいいのか
分からないまま時は流れて
浮かんでは消えてゆく
ありふれた言葉だけ

A'　承

君があんまりすてきだから
ただ素直に好きと言えないで
たぶんもうすぐ雨も止んで
二人　たそがれ

B　転・結

あの日　あの時　あの場所で
君に会えなかったら

僕らはいつまでも
見知らぬ二人のまま

（「ラブ・ストーリーは突然に」小田和正作詞）

この作品は［A・A'・B］のパターンでまとめられた詞です。

前半の起承のフレーズが8行と長いですが、同じ4行のフレーズの繰り返しなので長くは感じません。

［B］がサビになります。前半と異なり、短く歯切れのよい力強い言葉を持ってきて変化をつけているのがわかります。短くてもインパクトのあるフレーズになっています。

次の作品はサザンオールスターズの「いとしのエリー」です。

泣かしたこともある　冷たくしてもなお
よりそう気持ちがあればいいのさ
俺にしてみりゃ　これが最後のLady
エリー　My Love So Sweet

A
起

二人がもしもさめて　目を見りゃつれなくて
人に言えず　思い出だけがつのれば
言葉につまるようじゃ　恋は終わりね
エリー　My Love So Sweet

笑ってもっとbaby　むじゃきに　On My Mind
映ってもっとbaby　すてきに In Your Sight
誘い涙の日が落ちる

エリー　My Love So Sweet
エリー　My Love So Sweet

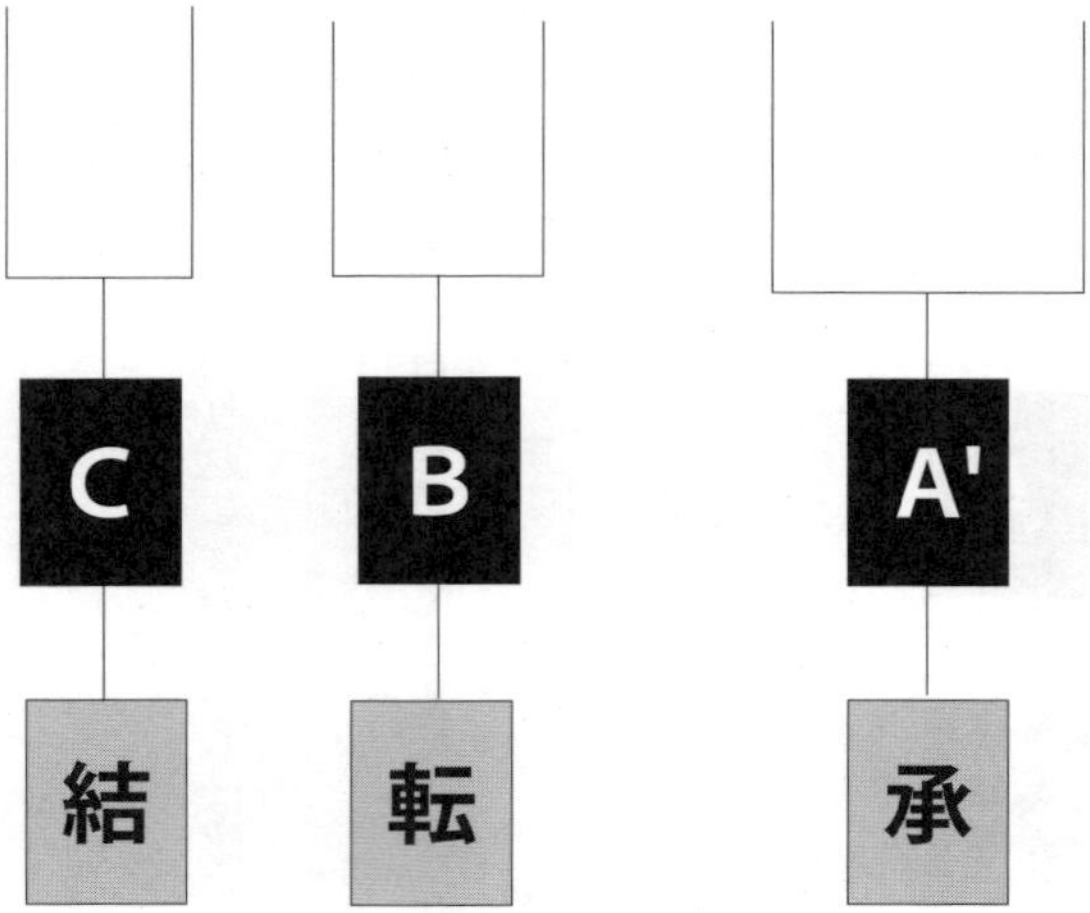

（「いとしのエリー」桑田佳祐作詞）

［A・A'・B・C］のパターンにまとめられた作品です。

サビの［B］で変化をつけて盛り上げ、さらにラストの［C］で思いをぶつけるような叫びで終わっています。
前半［A・A'］と後半［B・C］の言葉選びの違いにも注目してください
行数の多い作品ですが、曲のパターンに沿ってすっきりまとめられているのがわかると思います。

冒頭にサビを置くパターン

曲のパターンには、最初にいきなりサビのフレーズを持ってくる形もあります。

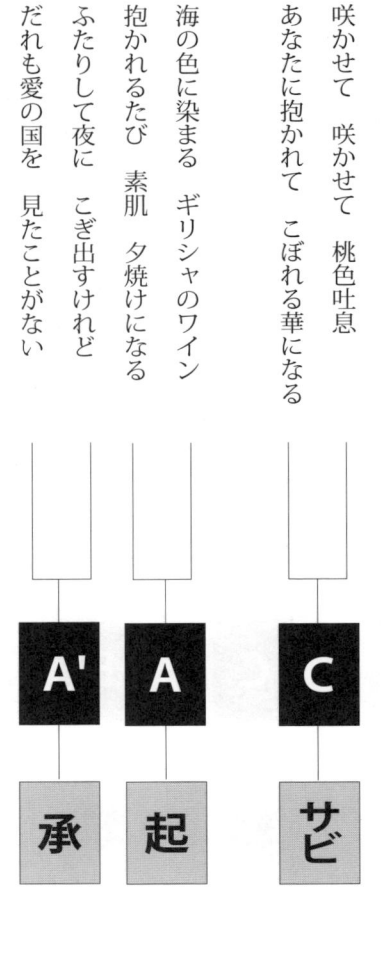

咲かせて　咲かせて　桃色吐息
あなたに抱かれて　こぼれる華になる

海の色に染まる　ギリシャのワイン
抱かれるたび　素肌　夕焼けになる
ふたりして夜に　こぎ出すけれど
だれも愛の国を　見たことがない

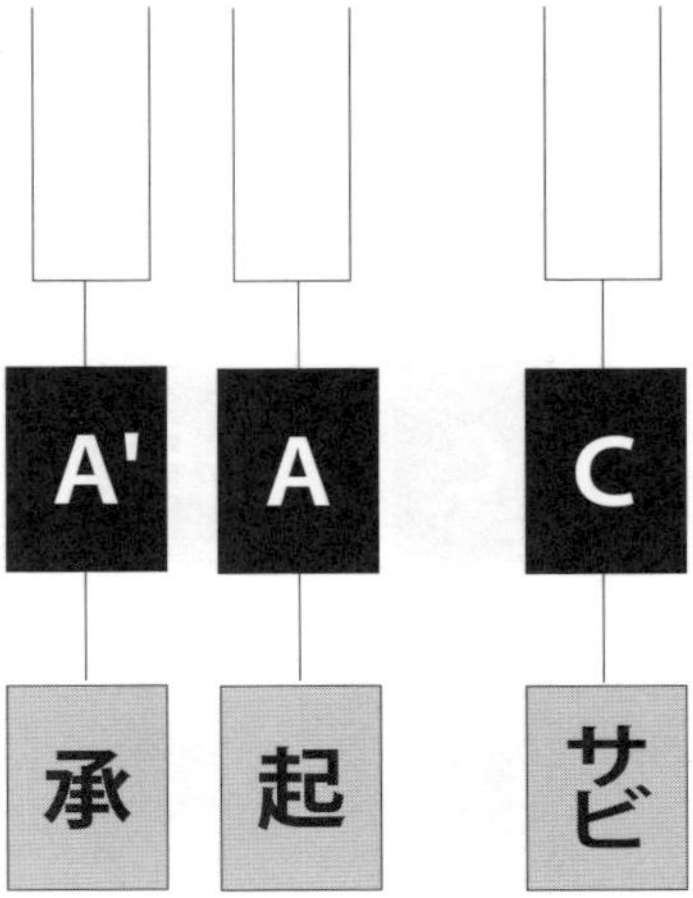

さびしいものは　あなたの言葉
異国のひびきに似て　不思議
金色　銀色　桃色吐息
きれいと　言われる　時は短すぎて

（「桃色吐息」康　珍化作詞）

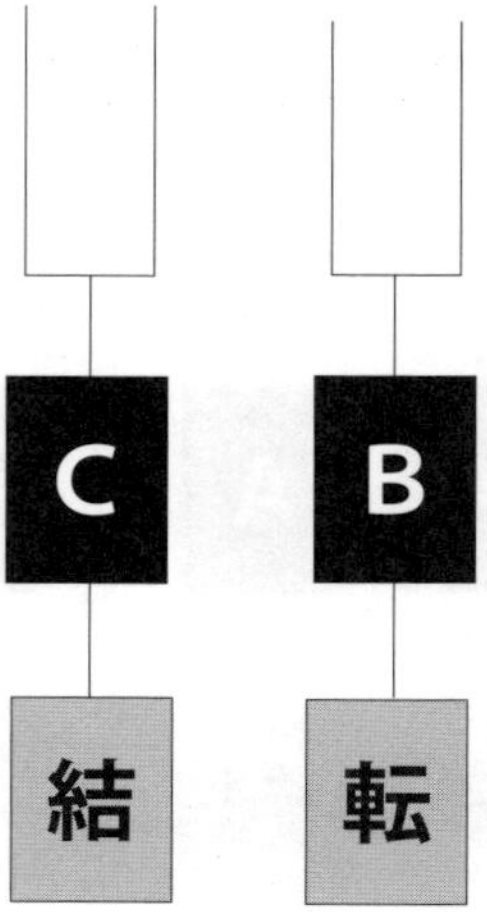

いちばん聞かせたいサビのフレーズ［C］をいきなり持ってくる形は、強烈なインパクトがあって、テーマをアピールするには効果的なパターンです。

ヒット曲の中にこの形の曲が多く見られるのもうなずけます。

あなたがもし最初にあげたような曲のつけにくい詞を書いていたら、曲のパターンから詞の構成を考えてつくってみるとよいでしょう。

9 タイトルのつけ方

タイトルは作品の顔

あなたは歌の題名、タイトルをどのようにして決めているでしょうか。

先にタイトルが浮かび、そこからイメージをふくらませてドラマをつくっていくという人、詞を書き上げてから最後にタイトルを決めるという人、さまざまだと思いますが、いずれにしてもタイトルはその作品の内容を示す看板のようなもの、人間にたとえるならば顔にあたる、大切な部分です。

安易に考えず、慎重に決めたいです。

タイトルが作品のイメージを左右する

人はタイトルを見て、その作品の内容をイメージします。

センスのよい魅力的なタイトルは作品そのものをも魅力的に見せ、それだけで聞き手を惹きつけます。逆にセンスのないタイトルは内容の良し悪しにかかわらずそれだけでイメージをさげてしまうものです。

タイトルがその作品のイメージを決めると言ってもよいでしょう。

もちろん大事なのは作品の中身ですが、タイトルに惹かれて曲を聴いてみたくなるような、そんな魅力的なタイトルをつけたいものです。

タイトルのつけ方のいろいろ

タイトルのつけ方にはたくさんの方法がありますが、代表的なものをあげておきますので参考にし、このほかにも分析研究してみてください。

作品のポイントとなっているボキャブラリーやフレーズから

「ありがとう」（SMAP）「会いたかった」（AKB48）「また君に恋してる」（坂本冬美）
「I Wish For You」（EXILE）「奇跡を望むなら」（JUJU）「何度でも」（DREAMS COME TRUE）

作品のテーマから

「ノスタルジア」（いきものがかり）「愛はタカラモノ」（タッキー＆翼）

「TRUE LOVE」（藤井フミヤ）「TRY AGAIN for JAPAN」（長渕 剛）

曲のリズムやムードから

「明日へのマーチ」（桑田佳祐）「*ff*（フォルティシモ）」(HOUND DOG)
「いっそセレナーデ」（井上陽水）「三百六十五歩のマーチ」（水前寺清子）

新語・造語から

「桃色吐息」（高橋真梨子）「Hey 和」（ゆず）「宇船」(TOKIO)「夢先案内人」（山口百恵）
「LOVE RAIN―恋の雨―」（久保田利伸）

映画や小説のタイトルから

「異邦人」（久保田早紀）「氷点」（玉置浩二）「亜麻色の髪の乙女」（島谷ひとみ）
「夜桜お七」（坂本冬美）

地名から

「東京の空」（小田和正）「鳥取砂丘」（水森かおり）「珍島物語」（天童よしみ）
「よこはまたそがれ」（五木ひろし）「飛んでイスタンブール」（庄野真代）

植物や自然現象から

「銀河の星屑」（桑田佳祐）「流星」（コブクロ）「さくら（独唱）」（森山直太朗）
「林檎の花」（槇原敬之）「蛍」（福山雅治）「HANABI」(Mr. Chirdren)「カブトムシ」(aiko)

人名から

「箱根八里の半次郎」（氷川きよし）「いとしのエリー」（サザンオールスターズ）
「メリー・ジェーン」（つのだひろ）

タイトルをチェックしよう

タイトルができたら、次のような観点からチェックしてみるとよいでしょう。

- ありきたりではないか
- 詞のイメージと合っているか

- 聞き手をひきつけるインパクトと魅力はあるか
- 奇抜すぎないか
- 過去に同じタイトルはなかったか

最後に、新人の作品からタイトルにはどうかと思われる例と、作品を読みたくなるような魅了のあるタイトルの例をあげておきますので、参考にしてください。

見直したいタイトル例	「愛がかゆい」「うしろから抱きついて」 「受刑者A」
惹きつけられるタイトル例	「シャガールの青」「Cotton Heart」「すさみ方を教えて」 「月曜のロールシャッハ」「大阪メロドラマ」

第3章

マスターしたい
作詞テクニック10

これだけはマスターしたい作詞の表現テクニック

作詞は伝えたい思いを自由に書けばよいのですが、いざペンを執り、書き始めてみるといいたいことがずばりと表現できないもどかしさを感じるということはよくあることです。そんな時に大きな助けになるのが、以下にあげる作詞のテクニックです。

作詞は自分だけがわかっているというのでは困ります。ひとりよがりでなく聞き手の心にストレートに届く表現をするためにも、ぜひマスターしてください。

- 比喩
- リフレイン
- 体言止め
- 倒置法
- 対句
- 積み上げ
- 擬人法
- 語呂合わせ
- 呼びかけ
- リズム

これらのテクニックをマスターし、効果的に使うことであなたの表現力が大いにアップすることは間違いありません。

1 比《ひ》喩《ゆ》

比《ひ》喩《ゆ》とはたとえること

比喩とは、あることがらを別の何かにたとえて表現する作詞テクニックです。
あなたが思ったこと、感じたことを聞き手に納得のいくように表現するのに、この比喩は効果があります。

わかりやすい直喩《ちょくゆ》

比喩が使われた例を見てみましょう。

お前は夜が　夜が明けると
雪のような　花嫁衣裳を着るのか

（「妹」喜多条忠作詞）

どうですか。花嫁衣裳の白さを「雪」にたとえることで、けがれのない白さがより強く伝わってきます。単に「しろい」「真っ白な」と表現するよりも、鮮明にイメージを描くことができるのがわかると思います。

これが直喩の典型的な使い方です。

次の例はどうでしょう。

木漏れ日が　ライスシャワーのように
手をつなぐ　二人の上に降り注いでる

（「ANNIVERSARY」松任谷由実作詞）

二人の上に降り注ぐ光を、結婚式で新郎新婦を祝福するライスシャワーにたとえたところにこの比喩のうまさがあります。

この言葉で二人の幸せ感が聞き手にも実感として伝わってきます。

ここは「ライスシャワー」という言葉でたとえてはじめて効果があるのであって、それ以外の言葉では比喩の意味のないこともわかると思います。

比喩を使う場合には、どんなたとえを使うかということが大きなポイントとなります。

これらの例のように、「～のように」「まるで～のような」というような表現のしかたをするものを直喩といいます。

言い切るのが暗喩《あんゆ》

次も比喩を使った作品です。

愛はかげろう　つかの間の命
激しいまでに　燃やし続けて

（「愛はかげろう」三浦和人作詞）

たよりなくあっという間に終わってしまう愛を「かげろう」にたとえた比喩の例です。

この例のように「～のように」「～みたいな」などの言葉を使わず、言い切った形でたとえる比喩のしかたを暗喩といいます。

次も暗喩を使った例です。

硝子で作った　この都会
星座も見えない　蒼い樹海

（「化石の森」荒木とよひさ作詞）

冷たく死んでしまったような都会を樹海にたとえたものですが、「蒼い樹海」と言い切ることでイメージが鮮明に浮かび上がってくるのがわかると思います。

暗《あん》喩《ゆ》の使い方

このように効果の大きい暗喩ですが、使い方しだいではわかりづらい作品になりかねません。
次の二つのことに気をつけて使いましょう。

- 誰もがイメージできるものにたとえる
- 作品全体のムードに合ったたとえを考える

2 リフレイン

リフレインは繰り返し

リフレインとは、文字通りあるフレーズや言葉を二回以上繰り返すテクニックです。
例を見てみましょう。

さよなら　さよなら　さよなら
もうすぐ外は白い冬

（「さよなら」小田和正作詞）

サビの部分でタイトルになっている「さよなら」という言葉を繰り返すことで意味が強調され、高音に強くぶつけるメロディーとともに聞き手の心に強く印象付ける効果を生んでいます。
大ヒットの要因はここにあると言ってもよいでしょう。

次の例はどうでしょう。

とんで　とんで　とんで
とんで　とんで　とんで
まわって　まわって
まわって　まわる

（「夢想花」円　広志作詞）

これもサビの部分に同じ言葉がこれでもかというくらい繰り返されるリフレインのよい例で、大ヒットした作品です。

リフレインの効果

二つの例からもわかるように、リフレインのテクニックを使うと次のような効果が得られます。

・リズムが生まれる
・テーマがはっきりする
・聞き手の印象に残る
・覚えやすくなる

これらの効果を充分に知った上でリフレインを上手に使ってみてください。

どこをリフレインするか？

はじめにあげた二つの例はどちらもサビでのリフレインでしたが、リフレインはサビだけに使うとは限りません。

次の例は、冒頭にリフレインを使った作品です。

会いたかった　会いたかった
会いたかった　Ｙｅｓ！
会いたかった　会いたかった

会いたかった　Ｙｅｓ！

（「会いたかった」秋元　康作詞）

タイトルのフレーズを冒頭で繰り返し、今の主人公の心情をストレートにぶつけた例です。聞き手に強いインパクトを与えて効果的です。

次の例は最後の部分にリフレインを使った例です。

Uhhh・・・翼の折れたエンジェル
あいつも　翼の折れたエンジェル
みんな飛べない　エンジェル

（「翼の折れた天使」高橋　研作詞）

この作品のように曲のラストにテーマであるフレーズや言葉を繰り返す例は多く、その効果も大きいものです。

リフレインの使い方

言葉やフレーズを繰り返すだけの簡単なリフレインですが、なんでも繰り返せばいいというものではありません。

リフレインを使う場合には、次のような点に気をつけてください。

- リフレインに値するフレーズ、言葉か？
- 作品の構成のバランスをくずさないか？
- くどくはないか？
- リフレインに値するメロディー、リズムを伴うか？

3 体言《たいげん》止《ど》め

語尾を省略する体言《たいげん》止《ど》め

フレーズの語尾を省略し、体言、つまり名詞で止めるテクニックを体言止めと言います。
これも作詞にはよく使われるテクニックです。あなたもすでに使っているかもしれません。
例を見てみましょう。

夕暮れの街角　のぞいた喫茶店
微笑み見つめ合う　見覚えのある二人

（「まちぶせ」荒井由実作詞）

傍線で示したフレーズは、本来ならば、

夕暮れの街角で　のぞいた喫茶店に
見覚えのある　二人がいた

とすべきフレーズですが、語尾を省き名詞で言い切った形になっています。

ふたつを読みくらべた感じはどうでしょう。

名詞で言い切ることによってその言葉が強調され、イメージがぐっと広がることがわかると思います。言葉の響きやリズムもよくなり、全体が引きしまります。

次の作品も体言止めを使った例です。

あまい口づけ　遠い思い出
夢のあいだに　浮かべて泣こうか

（「いっそセレナーデ」井上陽水作詞）

語尾を省略しないで、

あまい口づけや｜　遠い思い出を｜

とした場合とくらべると、かもし出すイメージの差は歴然です。

体言止《たいげんど》めの効果

二つの例からもわかるとおり、体現止めの効果は次のようにまとめることができます。

- その部分が強調される
- イメージが広がる
- 歯切れがよくなり全体が引きしまる

この体言止めは、ジャンルを問わずよく使われるテクニックです。

自分の書いた作品がだらだらとしているなとか、歯切れがよくないななどと感じたときには、このテクニックを使ってみるのもよいでしょう。

4 倒置《とうち》法

倒置《とうち》はひっくりかえすこと

倒置とは、語順を逆にすることです。
次の文章を見てください。

あなたが　好きです
▼
好きです　あなたが

恋なんて　二度としないわ
▼
二度としないわ　恋なんて

語順を逆にすることによって「あなた」「恋」が強調され、フレーズにパンチが出てくるのがわかると思います。

倒置《とうち》法の使い方

この倒置法も作詞にはよく使われるテクニックです。
例を見てみましょう。

私　待つわ　いつまでも待つわ
たとえあなたがふり向いてくれなくても
待つわ　いつまでも待つわ
他の誰かにあなたがふられる日まで

（「待つわ」岡村孝子作詞）

正しい語順では、

たとえあなたがふり向いてくれなくても
私　待つわ　いつまでも待つわ
置きかえ！

他の誰かにあなたがふられる日まで
待つわ　いつまでも待つわ
置きかえ！

となるところですが、順序を変えたことで「待つ」という主人公の強い意志が浮き上がります。

また、先に「待つわ」を持ってくることで、聞き手に「何を？」と疑問を抱かせ関心を引き寄せる効果があります。

このように倒置法は聞き手の意表をつき、関心を引き寄せる効果も持っています。

次も倒置法を使った例です。

笑顔咲く　君とつながってたい
もしあの向こうに見えるものがあるなら

（「さくらんぼ」愛作詞）

正しい語順だと、

もしあの向こうに見えるものがあるなら
君とつながってたい

置きかえ！

となるところですが、順序を入れかえることで「つながっていたい」という主人公の気持ちが強く前面に出ています。

倒置法の効果

二つの例からもわかるとおり、倒置法を使うと次のような効果が得られます。

- 意味を強調する
- パンチが出る
- 聞き手の意表をつく

倒置法のいろいろ

これまで例にあげたように、倒置には次のような形があります。

・ワンフレーズ内での語句の入れかえ
・フレーズごとの入れかえ

簡単で効果の大きい倒置法ですが、長いフレーズを入れかえる場合には、最後まで意味がわからないということのないよう、注意深く行うことが必要です。

5 対句《ついく》

対になるフレーズを並べる対句《ついく》

対句はもともと漢詩に用いられた修辞法で、言葉の意味や働きが相対する二つのフレーズを並べて表現するテクニックです。

例を見てみましょう。

あなたは坂を登ってゆく
私はあとからついてゆく

（「歌ってよ夕陽の歌を」岡本おさみ作詞）

川は流れて　どこどこ行くの
人も流れて　どこどこ行くの

（「花」喜納昌吉作詞）

前者は「あなた」と「私」を対比させ、後者は「川」と「人」を対比させて表現しています。コントラストがはっきりして、意味が聞き手の心にスムーズに入ってくることがわかると思います。

どちらの作品も各コーラスの冒頭に同じ形を持ってきているために、形が整い、印象的で覚えやすくなっています。

対句《ついく》の効果

二つの例からもわかるとおり、対句の効果は次のようにまとめることができます。

- 詞の形が整い美しくなる
- 印象が強く、覚えやすい
- 意味が強まり説得力を増す
- 調子が整う

男女の掛け合いあいが中心となるデュエットソングなどにも、この対句はよく使われます。

6 積み上げ

コンパクトにイメージづくり

積み上げは、短い言葉をならべながらイメージを作り上げていくテクニックです。

例を見てみましょう。

京都　大原　三千院

恋につかれた女がひとり

（「女ひとり」永　六輔作詞）

どうでしょうか。

古都・京都の美しい情景をスライドのようにパッパッパッパッと映し出し、そこに恋に破れたはかなげな主人公を登場させるという手法です。

短い言葉の羅列ですが、イメージをつくりあげるのに大きな効果をあげているのがわかります。
次の作品も積み上げのテクニックを使った例です。

消し忘れた煙草　回り続けるレコード
途切れたままの言葉
そっと置いた指輪　言いかけてやめた嘘
冷めてしまった中国茶　お前の好きだった中国茶

（「泣かないで」今野雄二・宮原芽映）

積み上げられた言葉から、せつない別れのシーンのイメージが静かに広がっていき、聞き手を映画のワンシーンを見るような感覚に誘っています。

積み上げの効果と使い方

このように積み上げは、体言止めのように言い切った形で言葉を並べることで歯切れよいリズムを出し、なおかつイメージをふくらませていく効果があります。

しかし、積み上げる言葉選びを一歩間違えると、効果が望めないだけでなく、作品のイメージもダウンしてしまいます。

積み上げる言葉は次のようなことをポイントに選びましょう。

- 語感がよいこと
- イメージが広がる言葉であること
- 作品のテーマに沿って積み上げること

7 擬《ぎ》人《じん》法《ほう》

人でないものを人にたとえる擬《ぎ》人《じん》法《ほう》

自然や動植物、風物など人でないものを、あたかも人であるかのように見立てて表現するのが擬人法です。これも作詞ではよく使われます。

例を見てみましょう。

もう少し時が　優しさを投げかけたなら

（「愛しき日々」小椋　佳作詞）

時代がもう少し平穏であってほしかったということを、「時」を人間に見たて、「優しさを投げかける」という動作で表現しています。作者の人柄さえ感じられる、個性的で美しい表現です。

次も擬人法を使った作品です。

馬鹿な生き方しか
どうせ　できないけれど
お前らしくていいさと
今夜も　酒が笑う

（「暖簾」永井龍雲作詞）

自分自身の心の呟きを、擬人法を使って「酒」に語らせたところにアイデアがあります。

また、「酒が笑う」という表現が、背景や状況ともマッチして説得力を増しているのがわかります。

擬《ぎ》人《じん》法《ほう》は独自のアイデアで！

このように擬人法は効果が大きく絵になる表現法ですが、それだけに「花が笑う」「鳥が歌う」といったような、すでに使い古された言い方を安易に使うのは避けたいものです。

二つの例のように、詞のムードに溶け込み、独自のアイデアで聞き手をうならせるような表現を生み出してください。

8 語呂《ごろ》合わせ

音を活かした語呂《ごろ》合わせ

語呂合わせは、言葉の持つ「音」に注目し、似た音をもつ言葉をならべたり、つくったりするテクニックです。

作品例を見てみましょう。

夏　夏　ナツ　ナツ　ココ夏
愛　愛　アイ　アイ　愛ランド

（「ふたりの愛ランド」チャゲ・松井五郎作詞）

あわてないで　お嫁サンバ
女はいつも　ミステリー

行かないで　お嫁サンバ
一人のものにならないで

（「お嫁サンバ」三浦徳子作詞）

前者は夏とココナッツの「ナツ」を、後者はお嫁さんとサンバの「サン」をかけた表現で、リズミカルで楽しい雰囲気をかもし出しています。

また、次の作品のように言葉の最後に同じ音をもってくる形、押韻《おういん》も一定のリズムが生まれ、効果的です。

今すぐ会いたい　もっと声が聞きたい
こんなにも君だけ想ってるのに
不安で仕方ない　何度も聞きたい
ねぇ本当に好きなの？

（「もっと…」KANA NISHINO作詞）

語《ご》呂《ろ》合わせの効果

このように語呂合わせには次のような効果があります。

- 調子のよいリズムが生まれる
- 印象に残り、覚えやすくなる
- おもしろさが出る

語呂合わせは、アイデアがあってはじめて生きるテクニックです。単なる言葉遊びやシャレに終わったり、作品のムードに合わない言葉選びをしないように上手に使ってください。

9 呼びかけ

呼びかけは心の叫び

呼びかけは、文字通り誰かに向かって呼びかけるテクニックです。

SACHIKO　思い通りに
SACHIKO　生きてごらん

（「SACHIKO」小泉長一郎作詞）

恋人よ　そばにいて
こごえる私のそばにいてよ

（「恋人よ」五輪真弓作詞）

ふたつの作品はどちらも恋人に向かって呼びかける形で、強く気持ちを訴えている例です。呼びかける対象は人だけとは限らず、「Ｍｒ．サマータイム」や「空よ」のように、人以外のものに対して呼びかける形をとった作品も多く見られます。

よびかけの効果と使い方

このように作品の中で主人公の心情を強く訴えるのに、呼びかけ法のテクニックは効果的です。この呼びかけを使う場合には、ネーミングの選び方がポイントになります。響きが美しく、メロディーに乗りやすいものを選ぶようにしましょう。

10 リズム

歌詞には、リズムが必要です。

散文のように長い文章や、だらだらと続く文章は歌詞には向きません。

それはなにもすべてを七五調や五七調でまとめるということではなく、無駄がなく、ストレートに意味が伝わる表現と言いかえてもよいでしょう。

これまでにあげた9つの作詞テクニックは、それぞれの項目のところで述べたように、どれも詞のリズムをつくりあげるのに効果的なものです。

あなたもこれらのテクニックを上手に使って、躍動感のある心地よいひびきの詞をつくりあげてください。

★いろいろな作詞テクニックをマスターし、リズムのある詞を書こう！

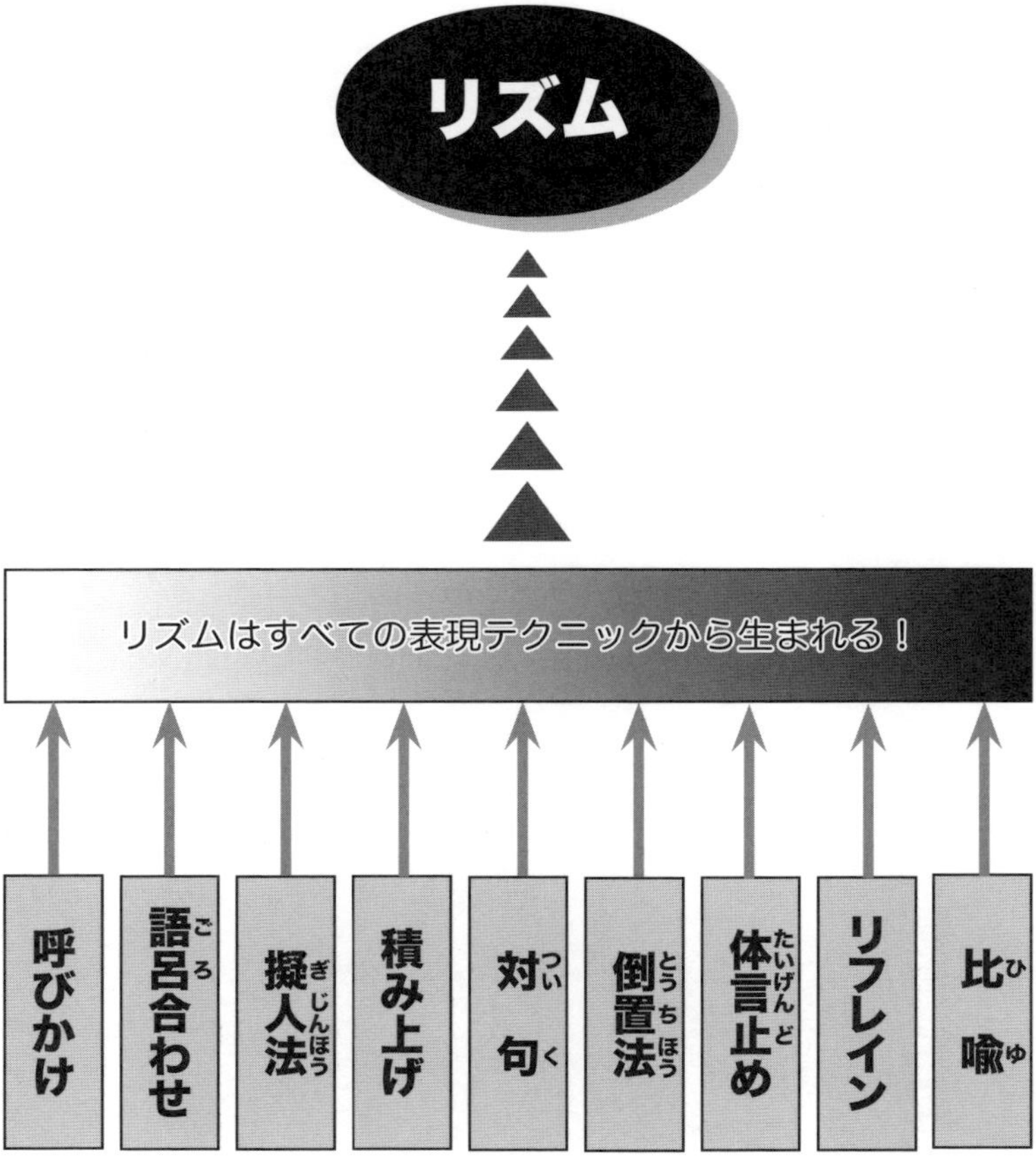

第4章

よりよい作品に仕上げるために

1 ストレートな表現でわかりやすく書こう

一読しただけでわかる詞を書こう

詞は、曲がつき、歌となって耳から入っていくものです。

そのため、一度聞いただけで登場人物の関係や状況、テーマなどが瞬時にわかるものでなければなりません。

しかも、それを限られた短い言葉で表現しなければならないところに、詞の難しさがあります。

何度も読まなければ意味がわからないという詞は、どこかに問題があるはずです。

わかりづらさの原因は？

詞がわかりづらい原因には、次のようなものが考えられます。

・主人公たちの状況がはっきりしない

・表現が観念的・抽象的
・テーマがあいまい
・フレーズどうしのつながりが不自然
・ストーリー展開がおそい
・登場人物が複雑

状況説明不足の作品

次の作品を見てください。

情けない人やね
これ以上よう言わんわ
いつもそう口ばっかりで
何もようせん
行くときは行かな

なんぼ言うたら終わるん
めんどうもうちは見きれん
本気で思わせる　だけど
ほんまに人を傷つけられん
あきれるくらいわかるよあんた
悔しかったら泣いてもええよ
愛しい人よ　夜がふけるまで

（「泣いてもええよ」Ｈ・Ｄ作詞）


タイトルが面白く、大阪弁がいい味を出している作品です。詞の形も整っていていいのですが、最後まで作者の言いたいことがわかりづらくすっきりしません。

まず、「あんた」と「うち」の関係がわかるようで、いまひとつあいまいです。最初の段階で、二人の関係がはっきりわかるように書いておく必要があります。

また、サビへ行くまでにどんな出来事が「うち」をそういう気持ちにしたのかをもう少し具体的に書いておくと、テーマがわかりやすくなるでしょう。

サビのフレーズも前半と同じようなトーンで説明的な表現になっているために、作者が何を訴えたいのかがぼやけてしまっていてパンチにも欠けます。

タイトルの「泣いてもええよ」をサビの頭に持ってくるなど、ストレートな表現をして作者の思い、テーマをぶつけるともっとわかりやすく、メリハリもついていい作品になるでしょう。

登場人物が複雑な作品

登場人物が多くて関係が複雑だったり、いくつもの呼び方が出てくる作品は、わかりづらいものです。

次のフレーズは、ある作品の最後の2行を伏せたものです。

ひとりじゃない　ふたりじゃない
3人いる　私たち
にんじん　まぶしい
まないたの上で踊る
おなべはコトコト
炎の上で歌う

お日様　そよ風
ベランダの上で笑う　アー
（「3人でハッピーブランチ」S・T作詞）

出だしの「3人」というのは、どういう人物関係だかわかりますか。これだけでは仲良しの女の子3人なのか、夫婦と子供なのかわかりませんね。ラストの2行は次のとおりです。

あなたと私と　おなかの赤ちゃん
3人で　ラララ　ハッピーブランチ

これではじめてお腹の子供を入れて3人なのだということがわかり、ハッピーの意味も納得します。
作者の中には、最後まで隠しておいて最後に種明かしをしようという意図があるのかもしれませんが、やはり最初の段階でわからないと作品全体がわかりづらいものになってしまいます。

2 ひとりよがりな作品は感動を呼ばない

聞き手にメッセージが伝わってこそ詞

あなたが詞を書きたいと思ったきっかけは何でしょうか。

おそらく、すばらしい曲に出会い、自分もそんな詞が書けるようになりたいと思ったからではないでしょうか。その曲から伝わるメッセージに感動したからではないでしょうか。

詞は聞いてくれる人にそうした感動が伝わるものでなければなりません。

ひとりよがりの詞とは？

聞き手に感動が伝わらない詞、ひとりよがりの詞とは次のようなもの言います。

・最後まで言いたいことがわからない
・状況設定があいまい

- 主人公のみがテーマに酔っている
- ひとつひとつのフレーズがあいまい
- 心情・論理が一方的
- ドラマがなく情景が浮かび上がってこない
- 観念的

主人公のみがテーマに酔っている作品

次の作品を見てください。

影の中で揺れている
濡れた身体腕に抱き寄せ
何となく時間が止まってる
そんな気が少し　少しだけ
ああ冷たく熱い二人

恋に全て燃やし続け融けて行く

（「区切られた時間」Ｙ・Ｍ作詞）

最後の２行がこの作品のテーマですが、あなたはこの主人公の気持ちに共感し感動できるでしょうか。

主人公の恋のよろこびが描かれているのはわかりますが、それが感動となって聞き手に伝わってきません。

前半の４行の中にあいまいでわかりにくい表現があるために聞き手はドラマが思い描けず、いくら「ああ冷たく熱い二人」といわれても共感できないのです。

相手の女性像や恋の状況を描き、映画のシーンのように情景を浮かび上がらせた上でサビへ進むと説得力が出るでしょう。

観念的な詞は伝わりにくい

次の作品はどうでしょう。

恋さえ　おぼろに見える夜
つかの間の涙　流し続け
幻のシルエット　時をかすめてく
過ぎる季節　おぼろげに写し
振り返る時　孤独が走り去り
愛しさがよみがえって来る
そんな夜にしたい

（「幻のシルエット」Ｈ・Ｄ作詞）

独特の世界観が漂う作品ですが、全体に抽象的で観念的な表現が多いためにわかりづらくなっていることは否めません。
より多くの人にメッセージを伝えるためには、わかりやすさという観点から見直す必要があるでしょう。

3 ムードに酔った作品・突っ込みが弱い作品は表面的

ムードに酔った作品

一見難なく、ムードよくまとまっているのに、感動が伝わってこない作品というのがあります。

ムードが先行してテーマの突っ込みが弱く、表面的になっているからです。

次の作品を見てください。

最後の日　僕ひとり　海辺に佇む
君との想い出は波と消えてゆく

いつまでも僕は　8月のままさ
いつか君と出逢った
あの夏に戻れたら
遠くで聞こえる最後の潮風

（「Last Summer Prolog」Y・K作詞）

恋が終わる時、出会った頃にもう一度戻れたらという思いは、誰にでもわかる心情です。

しかし、この作品は全体が感傷のみで終わってしまって、「君との思い出」がどんなものだったのかが描かれていないために、聞き手は主人公に共感することができず、感動もうすくなっているのです。

ただ「恋しい」「なつかしい」といっただけでは、感動は伝わりません。

「あの夏の君との思い出」が美しい映像となって浮かび上がってくるようにドラマを描くと、説得力を増し、共感も得られるでしょう。

2行・4行という構成も見直したいです。

突っ込みが弱い詞は感動がうすい

書こうとするテーマやドラマが十分に掘り下げられていない作品、突っ込みが弱い作品も、やはり表面的で感動が伝わりにくいものです。

次の作品を見てください。

黄昏の街を　ひとり歩けば
あの日の別れが　胸をしめつける
馬鹿ね　私
あなたのやさしさ　知っていながら
最後まで　素直になれなかった

（「黄昏の街で」Ａ・Ｔ作詞）


テーマはわかり、雰囲気も悪くありませんが、全体にさらりと書かれているために、主人公の悲しみがいまひとつ聞き手に強く迫ってきません。

突っ込みの弱い作品と言えるでしょう。

具体的に「胸をしめつける」別れのシーンを挿入するなど、聞き手が主人公の悲しみを一緒に感じられるような描写が必要です。

4 無駄な言葉やフレーズをカットする

言葉のだぶりは意味をわかりづらくする

ひとつのフレーズの中に同じような意味の言葉を重ねて使うと、意味がわかりにくくなります。
次のフレーズは作品の冒頭部分です。

ただ一人　気の向くまま　あてなく進む
さまよって　時の中を　永久へと続く
ささやき声　夜空の下　一人つぶやく
時に祈る　この旅路が　夢に続くを

（「この夜空の下」G・T作詞）

傍線で示したように、この作品には言葉のだぶりが多いためにフレーズのつながりがわかりにくく、文章の意味をわかりにくくしています。

次のように意味のだぶった言葉をカットすると、わかりやすくなります。

時の中を　一人さまよう
この旅路が　夢に続くよう
祈りながら

作者は、言葉に酔っている節があります。客観的に見て、聞き手に意味が届く表現を心がけたいです。

無駄な言葉やフレーズはテーマをぼやけさせる

次の作品を見てください。

少し寒い風に少し白い吐息
街を歩く人の声が響く季節
雪が空にちらつき

白い雲にまぎれてるけど
この季節が過ぎれば
孤独の中知らずにできてた
胸の隙間も埋まるさ

（「青に包まれて」E・M作詞）

この7行は作品の前半部分です。作者は「この季節」を説明するのに5行を費やしていますが、ここは2行くらいでまとめられます。

詞にはムード作りが必要ですが、必要以上に前置きが長すぎるスローテンポな書き出しは、テーマをぼやけさせ聞き手の興味を失わせます。

無駄の多いフレーズはリズムを悪くする

詞にはリズムが必要です。散文調の長いフレーズはストレート性に欠けるだけでなく、曲もつけにくくしてしまいます。

次のフレーズを見てください。

あなたとのツーショットの写真やあなたからの手紙が
部屋の中にいっぱいに散らばっている
ふたりの大事な大事なたくさんの想い出の品を
あなたはどうしろと言うの
私の心の中で何度もこだまするあなたの「さよなら」
あなたはたった一言で終わらせてしまうの
もう二度と会えないなんてどうしても信じたくない

（「信じたくない」T・S作詞）

長いフレーズでも、声に出して読んだときに心地よいリズムが感じられるものは意味がわかりやすく、曲もつけやすいものです。

この作品は一文が長いだけでなく、整ったフレーズのくり返しもないために、リズムが感じられません。曲に乗りやすいように無駄な言葉をカットし、全体の構成も整える必要があります。

詞は詳しく書けばいいというものではありません。説明不足では困りますが、書き過ぎというのも作品をぼやけたものにしてしまいます。

カットできる無駄な言葉やフレーズがないかを、常にチェックするようにしてください。

5 ユニークなアイデアは人の心に残る

個性的な作品が要求される音楽業界

あなたが曲を聞いて感動するのはどういう時でしょうか。
テーマやドラマに感動するのはもちろんだと思いますが、今までにない斬新なフレーズや切り口など、作者独自のアイデアがある作品にであったときではないでしょうか。
歌詞に最も要求されるのはアイデアです。それは個性と言い換えてもよいでしょう。新人が業界へ売り込む時に必ず求められるのは、このことです
ありきたりのドラマ設定や使い古されたフレーズの羅列、誰もが思いつくようなフレーズでは、どんなにテクニックがすぐれていても人の心をつかむことはできません。

ヒット曲にはユニークなアイデアがいっぱい！

次に上げる作品のように、ヒット曲にはユニークで斬新なアイデアがたくさん見られます。

●ヒット曲のアイデアを研究しよう！

タイトル	アーティスト	アイデア
母に捧げるバラード	海援隊	（例）詞の大部分をセリフにするという思い切った構成の面白さ
ハナミズキ	一青　窈	
らいおんハート	SMAP	
Butterfly	木村カエラ	
関白宣言	さだまさし	
手紙	アンジェラアキ	
ペッパー警部	ピンクレディー	

新人の作品にはアイデアが光っている

プロの作品に限らず、新人の作品にもアイデアの光るものがたくさん見られます。ひとつ紹介しておきますので、アイデアという観点から研究してみてください。

研究作品　アイデアが光る作品

おくり花

北秋幸子

何かひとつと　言われたら
写真一枚　持ってゆこう
どれも目を閉じ　写ってる
不器用なとこ　好きでした
　あなたの知らない　街角で
　あなたの分まで　生きてゆく
さくら　さくら　花ふぶき
空から私　叱ってね
ひらり　ひらり　おくり花
泣くのはこれが　最後です

ふるさと捨てる　車窓《まど》見つめ
心に刻む　水平線
　あなた奪った　海だけど
　あなたが愛した　海だから
さくら　さくら　花ふぶき
戻れる「いつか」信じます
ひらり　ひらり　おくり花
ごめんね私　生きてゆく

さくら　さくら　花ふぶき
空から私　叱ってね
ひらり　ひらり　おくり花
泣くのはこれが　最後です

6 1・2・3番の展開パターン

1番・2番・3番の組み立て方

歌詞は1番だけで終わるということはまずなく、1番、2番、あるいは3番と複数コーラスをつくるのが普通です。

詞の組み立て方には次のような形があります。

■2コーラス………

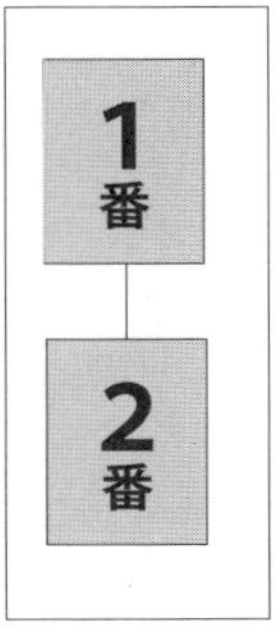

■3コーラス………

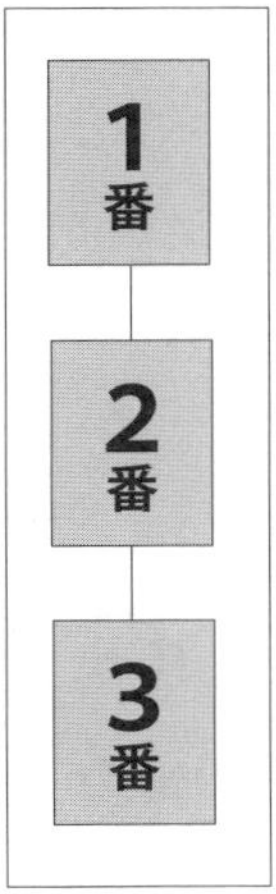

■２コーラス半……（ツーハーフ）

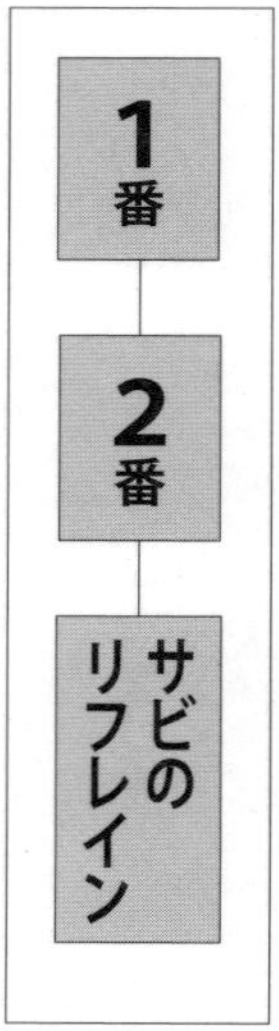

曲のパターンのところでも触れたように、この他に冒頭にサビのフレーズを持ってくる形も、よく使われます。

ツーハーフの場合、２番のあとに短いフレーズをつくることもよくあります。

ここにあげた以外にも、２行〜３行の短いフレーズを1コーラスとして、それを10番まで続けるというような変則的な形の詞も見られます。

ストーリー展開のいろいろ

１番・２番・３番でどのようにストーリーを展開していくかということも、詞づくりの大切な要素です。

ストーリー展開のしかたには次のような方法があります。作品例も上げておきますので、歌本などで展開のしかたを研究してください。

●1・2・3番のストーリー展開のしかた

展開のしかた	作品例
時間の経過	「雨やどり」（さだまさし） 「さとうきび畑」（森山良子）
季節の変化	「思えば遠くへ来たもんだ」（海援隊） 「荒城の月」
場面・場所の変化	「知床旅情」（加藤登紀子）
視点を変えた テーマの切り込み	「明日があるさ」（ウルフルズ） 「翼をください」（赤い鳥）
状況の変化	「木綿のハンカチーフ」（太田裕美）

ストーリー展開のポイント

ストーリー展開においては、次のような点に注意が必要です。

・1・2・3番でテーマがずれないこと
・1・2・3番でトーンが変わらないこと

ストーリーを展開していくと、1番では出会いの喜びを描き、3番では別れの悲しみを描くというように、最初と最後でテーマが変わってしまっているということがよくあります。

ひとつの作品にテーマはひとつでなければなりません。

また、1・2・3番で文章のトーンが変ってしまうということもよく見られます。全体のトーンは統一しなければなりません。

このようなことに気をつけて、ストーリー展開を考えてください。

7 推敲

詞は推敲して完成

詞が書き上がったらそれだけで満足しないで、必ず見直しをするようにしましょう。いろいろな観点から見直してみると、手を入れる余地はたくさん見つかるものです。

そうやって何度も練り直し、推敲に推敲を重ねていくことで、深みのある感動的な作品に仕上がっていきます。

一度つくったものを書き直すというのは面倒でエネルギーのいる作業ですが、プロの世界では一度や二度の直しは普通です。書きっぱなしにせず、推敲をする習慣をつけておきましょう。

作品のチェックポイント

作品を推敲するときには、次のような観点でチェックするとよいでしょう。

●**推敲のチェックポイント**

状況がはっきりし、わかりやすいか？
テーマからそれていないか？
無駄なフレーズはないか？
どこかで聞いたようなフレーズはないか？
作品にメリハリはあるか？
テーマが説明されていないか？
作品から情景が浮かんでくるか？
テーマの盛り上がりはあるか？
主人公は魅力的か？
主人公たちの心情が伝わってくるか？
行数が多すぎないか、または少なすぎないか？
散文的でリズムのない詞になっていないか？
ストーリーを追いすぎていないか？
タイトルは絵になっているか？

ていねいな推敲でBrush upしよう!!

第5章

一歩前に踏み出そう

1 ハメ込みをマスターしよう

ハメ込みはプロの必須条件

ハメ込みとは、曲が先にあって、その曲に合わせて詞をつける作詞のしかたです。曲先《きょくせん》、あるいはメロ先《せん》とも言います。

いまや音楽業界では、特にポップスにおいては大半がこの方法で曲作りがなされていると言ってよいでしょう。あなたがプロの作詞家を目指しているのであれば、ハメ込みができることは必須条件です。ぜひマスターしてください。

ハメ込みの手順

ハメ込みの手順に決まりはありませんが、基本的な流れは次のように考えておくとよいでしょう。

●ハメ込みの基本的な流れ

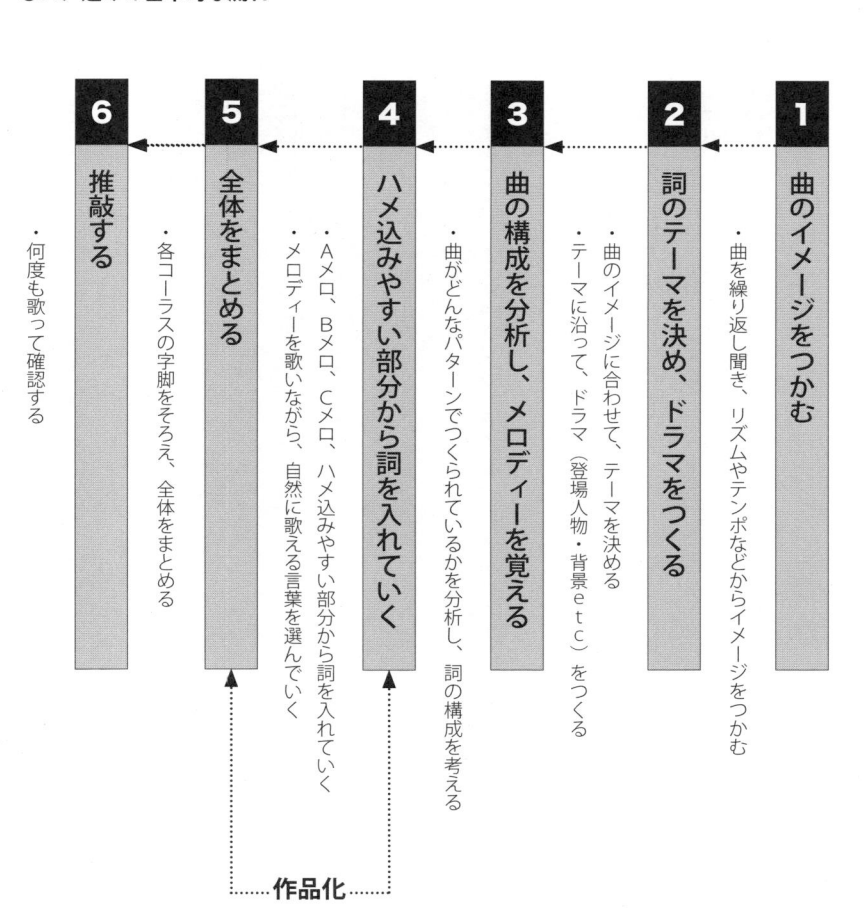

1. **曲のイメージをつかむ**
   - 曲を繰り返し聞き、リズムやテンポなどからイメージをつかむ
2. **詞のテーマを決め、ドラマをつくる**
   - 曲のイメージに合わせて、テーマを決める
   - テーマに沿って、ドラマ（登場人物・背景ｅｔｃ）をつくる
3. **曲の構成を分析し、メロディーを覚える**
   - 曲がどんなパターンでつくられているかを分析し、詞の構成を考える
4. **ハメ込みやすい部分から詞を入れていく**
   - Ａメロ、Ｂメロ、Ｃメロ、ハメ込みやすい部分から詞を入れていく
   - メロディーを歌いながら、自然に歌える言葉を選んでいく
5. **全体をまとめる**
   - 各コーラスの字脚をそろえ、全体をまとめる

   作品化（４と５）
6. **推敲する**
   - 何度も歌って確認する

ハメ込みのポイント

ハメ込みをするときには、次のようなことに気をつけましょう。

・曲のイメージどりを間違えない
・曲の構成に合わせて詞を組み立てる
・メロディーに乗りやすい言葉を選ぶ

曲のイメージどりが、はめ込みの第一歩です。明るい曲に悲しい詞をつけたり、シックな曲にハッピーな詞をつけたりというように、間違ったイメージどりをしないようにしっかり曲のイメージをつかむことが大切です。

曲のサビの部分に、いちばんいいたいこと、テーマをぶつけるように構成します。サビのメロディーを活かしたキャッチフレーズを考えたいです。

言葉が不自然に聞こえないように、詞の切れ目とメロディーの切れ目を合わせます。必ず自分で歌って確かめるようにしてください。メロディーの音数にぴったりはまる言葉、乗りのよい言葉を見つけられるかどうかは、あなたの語彙力にかかっています。ここでボキャブラリーノートが役に立つはずです。

ハメ込みでは作曲者のイメージどおりに、いえ作曲者がイメージした以上にすばらしい詞を書き上げたいものです。

ハメ込みの実践

次にあなたのハメ込みトレーニング用として練習曲を三曲あげておきますので、ぜひチャレンジしてみてください。

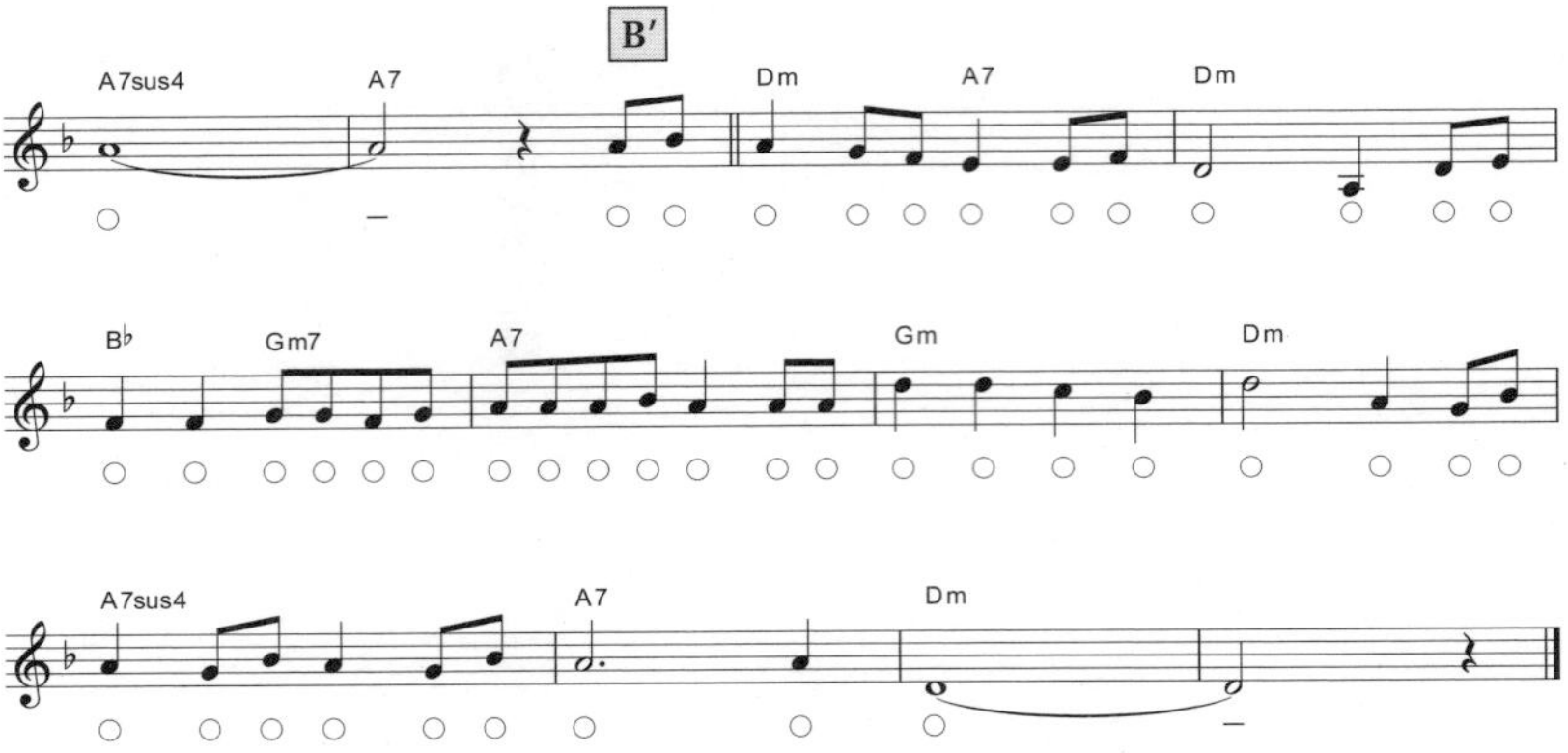

Point

●アップテンポの軽やかなポップス曲。

●構成は［A - A'- B - A"］。サビは［B］。
歯切れのよい明るいメロディーにどんな言葉を乗せるかがポイント。

●字数は
［A］　5・5・4・3／5・5・4・5・
［A'］　5・5・4・5／5・4・4・5・
［B］　7・4・7／9・4・4・7
［A″］　5・5・4・4・5／4・4・6・5

ハメ込み練習曲 A あなたはこの曲からどんな詞の世界をつくり出す？

作曲：白井幹也

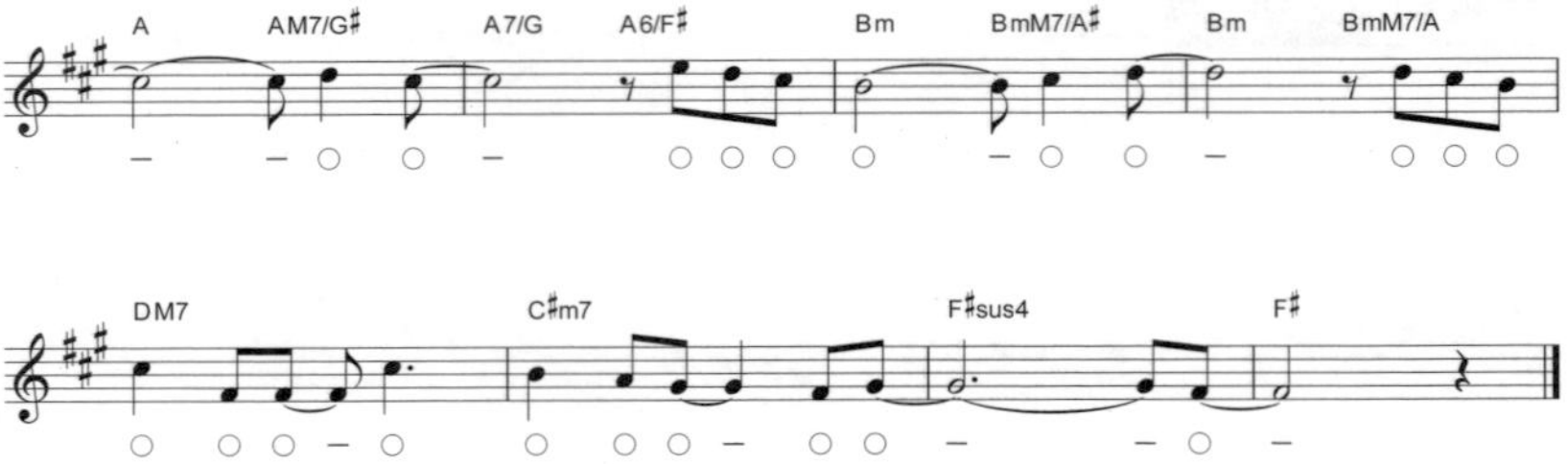

Point

●ゆったりとしたテンポのポップス曲。

●構成は［A - A'- B - B'］。サビは［B-B'］。
前半の小刻みな符割りのメロディーと後半のスケールの大きなメロディーにどんな言葉を乗せるかがポイント。

●字数は
［A］　7・3・7・3／5・4・4・3
［A'］　5・5・4・5／5・4・4・5・
［B］　7・4・7／9・4・4・7
［A″］　5・5・4・4・5／4・4・6・5

ハメ込み練習曲 B　あなたはこの曲からどんな詞の世界をつくり出す？

作曲：五代香蘭

Point

●ゆったりとしたテンポの歌謡曲。

●構成は［A - B - C］。サビは［C］。
しみじみとしたメロディーに、少ない言葉でどんなドラマをつくるかがポイント。

●字数は
［A］ 4・4・3・5／4・5・4・5
［B］ 4・5・4・5
［C］ 5・5・5・5／4・4・3・5

ハメ込み練習曲 C　あなたはこの曲からどんな詞の世界をつくり出す？

作曲：五代香蘭

練習曲Aへのハメ込み例

スワンへの祈り

北村英明

自由への旅立ちを
夢見ていても
傷ついたスワンは
飛ぶにも飛べないわ

美しい北国へ
思いははせるけど
つまずいたスワンは
帰るに帰れない

愛の翼よ　はばたけ
夜明けは近い
いつわりの世界で
お前の心は何をなくした
果てしない冷たさが
おまえをつつんでゆくけれど

悲しみだけでも
飛んでいってほしいのさ

あこがれのみずうみを
夢みていても
つかれはてたスワンは
飛ぶにも飛べないわ

幸せの北国へ
心を燃やすけど
つまずいたスワンは
帰るに帰れない

銀のつばさよ　輝け
夜明けは近い
いつわりの世界へ
おまえの瞳は何を語るの
思い出が雨のように
おまえをせつなくするけれど
くるしみだけでも
飛んでいってほしいのさ

練習曲Bへのハメ込み例

あこがれ

北村英明

誰かどこかで　君を
さがしつづけていたよ
悲しみの椅子から
さあ　腰をあげて

人は誰もが　いつか
生きる不安にゆられ
心の階段を　のぼり出すものなのさ

街はかげり
人の心に
深いあこがれもどるころ
忘れかけた愛の光
愛する人の胸に灯す

鐘がどこかで　鳴るよ
鳥もねぐらへいそぐ
さびしさの部屋から
さあ　ひっこそう

人は昔も　今も
愛しあうため生まれ
心の暖炉を燃やしてるものなのさ

街はかげり
人の心に
深いあこがれもどるころ
忘れかけた愛の光
愛する人の胸に灯す

練習曲Cへのハメ込み例

道　草

北村英明

このまま歩いて　悔いはないだろか
それとも別な道　歩いていくべきか
いちずに生きてきた　おまえを捨ててまで
涙してふりむけば　のぼり坂　下り坂
人生　道草　してもいいだろに

いつまでこの夢　抱いてゆけるだろ
孤独が寄り添うよ　ひとりで飲む夜は
どこかに忘れもの　してきた思いだよ
涙してふりむけば　のぼり坂　下り坂
人生　道草　してもいいだろに

いつしか花びら　落ちて青葉色
季節の移ろいが　この胸いためるよ
若気のいたりを　なぜだか悔やむ日は
涙してふりむけば　のぼり坂　下り坂
人生　道草　してもいいだろに

2 仲間を見つけよう

作品は第三者に見てもらおう

あなたは自分の詞を誰かに見てもらう手段を持っているでしょうか。

自分の作品の欠点というものは、自分ではなかなか気づかないものです。第三者に感想やアドバイスをもらうことは、あなたの作詞力を高めるのに大いにプラスになります。

新人の中には自分の意見を絶対に曲げないという人がいます。自分の主張を貫くことは大事なことですが、人の意見には一度素直に耳を傾けて考えてみる姿勢は持ちたいものです。

あなたの作品に対して率直に意見を言ってくれる、確かな目を持った仲間、互いに意見を言い合い、高め合える仲間をぜひ見つけてほしいと思います。

詞は曲がついてはじめて歌になる

詞は曲がついてはじめて歌という形になります。どんなにいい詞でも、机の引き出しやパソコンにしまったままでは、あなたのメッセージが人の心に届くことはありません。

あなたは、あなたの詞に曲をつけてくれる仲間、またはハメ込み用の曲を提供してくれる仲間を持っているでしょうか。作曲者とやりとりをしていくと、詞だけを書いているときには気づかなかったいろいろなことが見えてきたり、作曲者サイドから詞を考える見方もできて、力がついていくということは大いにあります。

ぜひそういう仲間を見つけ、切磋琢磨していく中で力をつけていってほしいと思います。

自分より力を持った人を探そう

作詞仲間を探す場合も、作曲のコンビを探す場合も、仲間を選ぶときには自分よりも力のある人、センスのある人を選ぶことが大切です。

ハードルは少し高めにしておいた方が、思わぬ力が出せるものです。

あなたよりも力のある人、センスのよい人の作品にふれたり、その人の創作姿勢、考え方、夢にふれることで刺激を受け、あなた自身の意欲も燃え上がり、それがエネルギーになっていい作品づくりにつながっていくはずです。

新人作詞家の会&新人作曲家の会

そうした仲間がまわりに見つからない人は、著者が主宰しているプロの作詞家・作曲家を目指す人たちが集まる「新人作詞家の会＆新人作曲家の会」の門を叩いてみるとよいでしょう。

この会では隔月で作詞作曲同人誌『シルクロード』を発行し、会員はそこに作品を発表していきます。掲載された詞に作曲会員が付曲したり、掲載された曲に作詞会員が詞をハメ込んだりということも行なわれています。

誌上では作品に対するコメントや作詞作曲に関する相談コーナー、評論コーナー、会員の近況や意見交換、情報交換の場「告知板」なども設けています。

また、年に一度、会員が一同に集って合評会を行っています。そこでは作詞作曲討議やプロの作詞家・作曲家やプロデューサーによる講演、親睦パーティーなどが行なわれ、普段は誌上でしか知らない会員同士が親睦を深める場となっています。

そうした活動の中から、会員同士で作詞作曲のコンビを組んでコンテストに応募したり、音楽業界へ売り込んだりという取り組みも生まれ、プロへの道を歩き出した会員も出ています。

こうした会のメリットは、しめ切り日に合わせてコンスタントに作品を仕上げることで書く力をつけられるという点、また、よいライバル関係や仲間意識が生まれ、切磋琢磨しながら自分を高められるという点にあります。そしていちばんの魅力は、同じ夢を目指す仲間の存在に勇気づけられるというところにあるでしょう。

興味がある人は０４２（７４９）４１８４まで。

3 業界の門を叩こう

準備ができたら行動を起こそう！


さて、あなたが自分の作品に十分に自信が持てたら、次の段階へと一歩を踏み出しましょう。

あなたの作品を巣から飛び立たせるのです。

それには次のようないくつかの道が考えられます。

・コンテストへの応募
・プロの作曲家への売り込み
・レコード会社・プロダクションへの売り込み

コンテストへの応募

「プロ歌手が歌う歌詞募集」とか「○○町の歌募集」などのように歌詞を募集する記事は、いろいろなジャンルの雑誌やネットのサイトにあふれています。これを利用しない手はありません。あなたの得意とするジャンルを選び、ぜひチャレンジしてみてください。

駄目でもともと、運よく採用されれば自信がつき、また次に新たなチャンスがめぐってくるはずです。

プロの作曲家への売り込み

プロの作曲家に直接あなたの詞を売り込むのも、よい方法です。

その作曲家にあなたの詞を気に入ってもらえたら、そこからデビューのチャンスがやってくるかもしれません。

作曲家もいい詞を待っているものです。「おもしろい詞を書く新人だな」と思わせるような個性的で魅力のある詞をもって、作曲家のハートを射止めてください。

レコード会社・プロダクションへの売り込み

あなたがプロの作詞家への夢を持っているのであれば、レコード会社や歌手が所属するプロダクションへの売り込みにもチャレンジしてみるとよいでしょう。

音楽業界は厳しい世界で、一度や二度の売り込みですぐにＣＤ化の話がもらえるほど甘くはありません。

しかし思い切って飛び込んでみることで、プロの目で見たあなたの作品のレベルや欠点がわかるだけでなく、業界のしくみや厳しさというものを肌で感じることができるでしょう。

たとえうまくいかなかったとしても、その行動はあなたのその後の作詞活動にプラスになることは間違いありません。

著者も23歳の時にはじめてプロダクションの門を叩きました。15ページほどの薄っぺらな自作の歌詞集をかかえ、一軒目、二軒目と冷たくあしらわれたあと、三軒目に訪れた某大手プロダクションの専務に作品を見てもらうことができ、それが芸能界への足がかりとなりました。

音楽業界は厳しい世界ですが、あなたに決してくじけない情熱と真の実力があれば、夢は実現できると信じます。

●著者プロフィール

北村英明（きたむらえいめい）
熊本県生まれ。
新人作詞家の会＆新人作曲家の会主宰。
日本作詩家協会会員。日本作曲家協会会員。
日本ペンクラブ会員。日本推理作家協会会員。
「やさしい作詞のＡＢＣ」「作詞がわかる11章」「作詞作曲でめしをくうには」
など多数の著書やＣＤ化作品がある。

これから始める人のための作詞入門

2012年４月23日　第１刷発行

著　者：北村英明
発行者：深澤徹也
発行所：メトロポリタンプレス
〒173-0004　東京都板橋区板橋3-2-1
Tel：03-5943-6431（代表）
URL……http://www.metpress.co.jp

印刷所：株式会社ティーケー出版印刷

ISBN978-4-904759-27-1　C2073　Printed in Japan